I0660315

LECTION MICHEL LÉVY
— 1 franc le volume —
1 franc 25 centimes à l'étranger

PAUL PERRET

LES BOURGEOIS

DE CAMPAGNE

PARIS

MICHEL LÉVY FRÈRES, LIBRAIRES-ÉDITEURS

RUE VIVIENNE, 2 BIS

1859

COLLECTION MICHEL LÉVY

LES

BOURGEOIS DE CAMPAGNE

Paris. — Imprimerie A. WITTERSHEIN, rue Montmorency, 8.

LES
BOURGEOIS
DE
CAMPAGNE

PAR

PAUL PERRET

PARIS

MICHEL LÉVY FRÈRES, LIBRAIRES-ÉDITEURS

RUE VIVIENNE, 2 BIS

—

1859

LES

BOURGEOIS DE CAMPAGNE

A Jules de la Madelène.

I

Un soir d'avril, au coucher du soleil, le brick de
guerre *le Cyclope* franchit, vent arrière, le célèbre
goulet qui défend la rade de Brest et vint gaillarde-
ment mouiller au milieu de la baie. Après une longue croisière dans les mers du Sud, *le Cyclope*, en
touchant à Valparaiso, y avait recueilli sur son bord
six aventuriers français qu'une coque de noix de la

marine chilienne ramenait fort à point de San-Francisco. Le poids de ces six consciences, effroyablement
pleines, n'avait point ralenti la marche du brick, qui
était un fin voilier et qui n'avait fait qu'une traversée
de quatre mois. Mais il est des bornes à l'hospitalité,
même sur le plancher de l'État : dès que les voiles furent carguées et *le Cyclope* bien affermi sur ses an-
cres, on mit à la mer une embarcation où les passagers descendirent; au premier signal de l'officier qui
tenait la barre du gouvernail, huit matelots laissèrent
retomber leurs avirons; le canot, volant comme une
flèche et traçant dans l'eau verte un long sillon d'é-
cume, atteignit rapidement l'entrée du port et le pied
du roc gigantesque sur lequel est assis le vieux château. Là les passagers débarquèrent.

Ils s'entre-regardèrent d'abord, étonnés de retrouver sous leurs pieds cette terre d'Europe que, cinq ans
auparavant, ils quittaient avec tant de joie. Autour
d'eux, tout leur montrait qu'alors ils n'avaient fait
qu'abandonner la proie pour l'ombre. Le port encom-

bré de vaisseaux, la ville paisible, mais active et po-
puleuse, et sur l'autre bord, *Recouvrance*, son arscnal
et ses magasins vastes comme des palais, apparais-
saient à leurs yeux éblouis; le marteau des travailleurs
attardés dans les chantiers retentissait par contre-coup
jusqu'au fond de leurs cœurs, et de toutes ces choses
puissantes de la vieille Europe sortait une voix ironi-
que qui leur disait : « Est-ce donc là-bas qu'est la ri-
chesse? » Suivant la coutume, ces malheureux ne
rapportaient de la nouvelle patrie de l'or que des haillons et de la fièvre. Le désir du gain ne suffira jamais
en France à faire des aventuriers ; il faut au caractère
national un mobile autrement chevaleresque : le génie
de l'aventure a disparu chez nous avec les cadets, seuls
et vrais fondateurs de nos colonies. Parmi les six passagers du *Cyclope*, cinq étaient jeunes, mais rien n'in-
diquait en eux que la nature les eût taillés pour la
vaillante besogne de l'explorateur ou du colon, et ce
n'étaient pas même des flibustiers. Leurs faces blêmies
trahissaient de longues souffrances, mais aucun éclair

ne passait dans leurs yeux : victimes et héros d'une passion vile, ils en avaient l'hébétement ; la cupidité avait si bien imprimé sur leur physionomie à tous le même stigmate, qu'au premier aspect on eût dit qu'ils se ressemblaient.

Un seul se distinguait de la bande par l'arrogance sauvage de son attitude que l'accablement de ses compagnons rendait plus frappante. C'était un homme de trente ans environ, petit et trapu, musclé comme un lion, dont il avait aussi la crinière fauve. Sa tête carrée s'appesantissait sur ses épaules comme un bloc de granit ; son front bas, ses tempes serrées, indiquaient une volonté violente et impitoyable ; mais l'ensemble de ce visage n'était point d'une véritable laideur, et il y avait encore dans ce brutal désordre une sorte d'harmonie. La bouche était bien celle du paysan, une bouche épaisse, meublée de dents inquiètes et bordée de lèvres sanglantes ; mais on y retrouvait de la jeunesse ; l'œil gris qui s'ouvrait largement sous de lourdes paupières gardait sa franchise, malgré l'amère angoisse qui le voilait en ce moment. Vêtu d'une vareuse grossièrement rapiécée, coiffé d'un chapeau de jonc, noirci par la mer, cet athlète portait une carabine en bandoulière : ses compagnons marchaient lentement, il marchait plus lentement encore, à quelques pas en arrière, appuyé sur un énorme bambou, tenant à dessein la tête haute, comme s'il eût voulu faire croire aux passants qu'il les défiait; mais en réalité, il ne les voyait même pas. Tout à coup, comme la petite troupe des aventuriers atteignait les premières maisons de la ville, un élégant tilbury, emporté par un trotteur anglais, déboucha devant eux ; il était conduit par un jeune homme de vingt ans à peine, frêle et blanc comme une pensionnaire, et mis avec la recherche prétentieuse des dandies de province : l'athlète se réveilla en sursaut de sa cruelle rêverie, son front se plissa et sa main noueuse se crispa autour de son bâton.

— Vois-tu, Jacques Bongenoux, dit un des aventuriers à son voisin, voilà pourtant ce qu'il espérait : revenir en France pour rouler carrosse !

Celui qu'il interpellait ainsi, suivait des yeux le tilbury dont les roues garnies de métal faisaient jaillir
des étincelles du pavé de la rue.

— Ce n'est point à San-Francisco, répliqua-t-il
d'une voix sourde, qu'un si mince compagnon oserait faire ce tapage-là. — Puis il se retourna : Prends
garde, dit-il, Jacques t'a entendu.

Toutes les nuances d'une colère terrible s'étaient
peintes, en deux secondes, sur le visage de Jacques
Bongenoux. Il réussit enfin à ramener sur ses lèvres
un sourire presque tranquille, il s'était vaincu ; mais
il mit un pas de plus entre lui et ses compagnons, et
parut sonder du regard les rues voisines, comme s'il
méditait de s'enfuir. La nuit tombait, la ville s'illu-
minait peu à peu ; guidés par le hasard et aussi par
l'instinct, les passagers du *Cyclope* arrivèrent à un
carrefour auquel aboutissaient de tous côtés des ruel-
les à peine éclairées par les lampes fumeuses qui brûlaient dans les tavernes, et d'un commun accord ils

s'y arrêtèrent. C'était le quartier mal famé de la ville. Des bruits suspects sortaient de toutes ces masures, des chuchotements dans l'ombre, des chants, des rires avinés, le choc des verres et des bouteilles qui se brisaient en roulant du haut des tables. Le démon de la soif et les cyniques appétits se réveillèrent soudain chez les aventuriers. Là, au fond de ce dédale obscur, était l'ivresse, l'oubli de leurs mécomptes et de leurs maux, et ils avancèrent d'un pas. Jacques Bongenoux, au contraire, fit volte-face; mais ses compagnons avaient l'œil sur lui : un cercle rapide l'enferma.

— Jacques, lui dirent-ils, où vas-tu ?

— Veux-tu donc nous quitter, Bongenoux? lui demanda le plus vieux d'une voix mielleuse.

— Place ! interrompit Jacques en faisant tournoyer son bâton au-dessus de sa tête.

Les cinq hommes reculèrent; le cercle allait se rouvrir.

— Paix, Jacques ! reprit celui qui avait déjà porté la parole. Personne ici ne s'aviserait de te fermer la

route. Nous savons bien que tu es le plus fort, et
voilà pourquoi nous voulons te garder, mon fils. Tu
ne nous aimes point, et tu peux bien avoir oublié que
tu as sauvé la vie à deux d'entre nous; mais ni Bertrand ni moi nous ne l'oublierons. N'est-il pas vrai,
Bertrand? Ah! fourbe, tu laisses le vieux Simon parler pour toi !

Bertrand était le même qui, un instant auparavant,
lorsque le tilbury passait, avait surpris chez Jacques
un mouvement de rage et d'envie, et s'était empressé
d'en égayer son voisin.

— Oui, oui, grommela-t-il, je n'oublie point, moi.
Jacques ne répondit pas.

— A la bonne heure, te voilà plus calme, continua
Simon. Pourquoi te désespérer, mon fils ? — Par malheur, il en est de toi comme de tous les autres. Lequel de nous ne croyait, en partant, rapporter des
montagnes d'or ? Et nous revenons plus pauvres, car
nous avons encore entamé de trois ans le capital de
notre vie. Mais nous avons supporté les mêmes misè-

res, nous avons eu faim, nous avons eu soif en même temps. Il y a un lien entre nous tous, mille diables ! et je veux te faire voir que tu ne peux le briser sans te nuire.

Jacques lut d'un coup d'œil sur ce visage cauteleux, et il eut un mouvement de dégoût.

— Le bon Dieu m'est témoin que c'est par amitié que je t'appelle mon fils, dit Simon en posant sa main sur sa poitrine, à la place du cœur. Si tu avais profité de mes leçons, tu serais riche, car tu pouvais devenir le maître là-bas, avec ta force. Quand nous étions dans la Sierra, je te le conseillais pourtant bien, de lever un impôt sur nous tous, au lieu de t'acharner sur les filons et de tourner la battée. Ah ! tu es innocent comme un lion qui vient de naître, mon pauvre Jacques, avec tes belles phrases et tes scrupules. A quoi cela t'a-t-il servi d'avoir été instruit dans un collège et d'être taillé comme un bloc de pierre ? Tu as les bras d'un colosse et le cœur d'une fillette, et tu as besoin de nous, mon garçon, comme nous avons

besoin de toi. Tu veux nous quitter... Seul, où iras-
tu ? Au pays natal, dans *ton Josas* reprendre le métier
du père Bongenoux, ton vrai père, tendre le cou au
collier de misère qui l'a étranglé, le pauvre vieil
homme, et payer ses dettes en bon fils que tu es ? Je
te vois déjà enrôlé dans la ferme de ton oncle, le
créancier de ton père, suant le sang pour manger du
pain d'orge... La terre qui produit l'or ne t'a pas
donné un dollar : qu'espères-tu tirer de celle-ci, qui ne
produit que du blé ? Encore l'épi n'est-il qu'aux riches;
les gens qui te ressemblent ont la paille. Je t'ai deviné, mon fils : ce pays-ci t'épouvante, et tu as grand
tort d'avoir peur. Viens avec nous dans les villes :
Paris vaut bien San-Francisco et la Sierra pour les
gens de résolution qui ont une bonne envie de s'enrichir. Écoute-moi : c'est une association que nous allons faire... Veux-tu être notre chef ?...

— Levez donc les yeux, répliqua Jacques avec un
calme écrasant. Regardez aussi, vous autres, là-haut,
cette ligne noire. Je vous avertis, c'est le bagne !

Un murmure menaçant accueillit ce dernier mot, mais pas un des aventuriers n'osa lever les yeux, et la main du vieux Simon, instinctivement, alla chercher celle de Bertrand qui la serra. D'un geste Jacques s'ouvrit un passage.

Bertrand s'était écarté de quelques pas.

— Qui donc a tué mon cousin Jean Laigue, et avec cette carabine? demanda-t-il en montrant du doigt l'arme que portait Bongenoux.

Jacques ne proféra pas une parole. Il ne songea pas à punir Bertrand qui, épouvanté lui-même de son courage, reculait toujours; sa tête énorme s'affaissa sur sa poitrine, et il se mit à marcher d'un pas pesant vers la haute ville. Lorsqu'il fut loin, des cris insultants partirent du groupe des aventuriers : Jacques ne se retourna pas. Il traversa le quartier le plus riche de Brest, et s'assit un instant sur *le Champ de bataille*, le front entre ses mains, comme pour se recueillir et rappeler à lui ses pensées qui s'enfuyaient, puis il reprit sa marche vers les remparts. La senti-

nelle qui veillait à la porte regarda de travers ce voyageur sinistre qui n'avait qu'une arme pour tout ba-
gage; mais Jacques passa sans s'émouvoir. La route
était libre devant lui.

II

Le Josas est un petit canton de quelques lieues,
situé dans la partie la plus méridionale de l'Ile-de-
France, et s'ouvrant comme une large clairière entre
les mille réseaux de la grande forêt qui enveloppe
toute la contrée. C'était là, sur la lente courbure
d'une colline plantureuse, encadrée de tous côtés par
des taillis, qu'était située la ferme de la Grange-Dame-
Rose. On y arrivait par un ruban de route qui, em-
brassant le pied de la colline, montait jusqu'à mi-côte
en tournoyant entre de vieux pommiers. Un assem-

blage confus de bâtiments de toutes les formes et de toutes les grandeurs, des granges au couvert de chaume, des toits d'ardoises et de tuiles où se jouaient ce soir-là les lueurs jaunâtres du soleil qui s'abaissait derrière l'horizon rayé par la pluie, un long mur enfin percé de meurtrières comme l'enceinte d'une forteresse des anciens temps, et au milieu duquel s'ouvrait une porte assez large pour donner passage aux grands chariots chargés de foin ou d'épis, tel était l'aspect de la ferme. La journée de travail venait de finir, les troupeaux de rentrer ; déjà l'étable était muette et les servantes traversaient la cour, portant sur leurs têtes les jattes remplies de lait écumeux, tandis que les charretiers, à grand renfort de jurons, achevaient de panser leurs chevaux. Cette soirée de mai, humide et froide, s'avançait lentement. Les gens de la ferme, en attendant leur souper, allèrent s'asseoir sur des gerbes de paille amoncelées devant les granges trop pleines, et d'abord ils causèrent presque à voix basse, regardant avec une sorte d'inquiétude les croisées de la maison des maîtres, qui faisait justement face à l'endroit qu'ils avaient choisi pour se reposer.

— Bon ! dit une vieille servante. Elle ne songe guère à nous à cette heure. Pour sûr elle est au courtil ou dans la chambre du défunt. Qui sait ce qu'elle fait là tous les soirs ? Madeleine, une fois, s'est avisée de regarder par le trou de la serrure...

— La bourgeoise était en prières, ma fine, interrompit Madeleine ; la petite Zoé l'a vue tout comme moi. Chacun sait qu'elle est dévote. Ah ! le bourgeois ne devait point s'attendre à ce qu'on le pleurât si longtemps : d'ordinaire on n'a point tant de regret de ceux qui sont riches...

— Les amoureux ne viendront plus ! la procession est finie ! soupira tout à coup la petite Zoé. Feu le bourgeois ne voulait point que sa fille se mariât.

— C'est-à-dire, qu'il ne voulait point la doter, grommela la vieille. Il était ménager, le bonhomme.

— Mais il est défunt, s'écria Madeleine, et ses écus maintenant sont à la bourgeoise. Là, est-ce une bonne raison de ne point se marier, parce qu'on a perdu son père? La petite Zoé parle de vrai : voilà quinze jours aujourd'hui, ma foi, qu'il n'est venu de carriole à la Grange-Dame-Rose.

— Les belles carrioles! fit Zoé ; tout fraîchement repeintes encore!

— Oui-da, s'écria la veille, et ceux qui les menaient avaient aussi des écus. Avec ça taillés comme des chênes et forts comme des grenadiers ! Mais ce n'est pas un campagnard qu'il faut à la demoiselle des deux fermes. La bourgeoise veut un monsieur.

— Et ceux-là n'étaient donc point des messieurs? reprit amèrement Madeleine. Tous des fils aînés de fermiers. Pardine, c'est qu'elle a mon âge, la demoiselle, et le moment est passé de faire la mijaurée. On est une vieille fille à vingt-sept ans, quand on est riche.

— Les beaux habits neufs ! murmura la petite Zoé. Comme ils portaient donc le chapeau sur l'oreille !

— Ils avaient juré qu'ils viendraient tous, s'écria

Madeleine, et ils sont venus l'un après l'autre. Choblet, le berger, soutient que c'était une gageure entre
eux. Au moins c'est l'amitié qu'ils portent à la demoiselle qui les a conduits jusqu'ici, ces bons garçons-
là. Car ils se disaient que la bourgeoise ne pourrait
jamais gouverner son bien toute seule. Ah! quant à
moi, je voudrais bien la voir quand la moisson
sera faite, s'en aller de foire en foire acheter les
moutons.

— Moi, s'écria Zoé, celui que j'aimerais, c'est le fils
du fermier de Bissy. L'as-tu regardé, Madeleine,
quand il est entré dans la cour? Pour lors, il s'est
avancé comme ça en se dandinant. — Et la petite
Zoé se leva pour imiter le jeune galant. — C'est
qu'il avait des gants, de beaux gants blancs en fine
peau d'agneau! Il remuait ses deux bras comme un
coq qui bat des ailes et qui va se mettre à voler. Et
puis il a allongé le cou, et là, bien tendrement, il
m'a demandé à voir la bourgeoise....

— Et Magloire donc? interrompit la vieille en grimaçant un affreux sourire; vous ne parlez point de lui, les filles !

Madeleine rougit.

— Dame ! on ne parle guère de celui-là, fit tout bas la petite Zoé.

— Eh ! de qui donc vous gaussez-vous, les belles? fit l'un des valets en s'approchant tout à coup des trois servantes. Encore les épouseurs qui vous font jaser ! Sainte-Vierge ! l'eau vous vient à la bouche d'avoir vu passer tant d'amoureux, et ce n'est pas vous qui les auriez mis en pareille déroute. Pour ce qui est de moi, j'en ai vu deux qui faisaient leurs adieux à la bourgeoise. Ils avaient déjà leur compte, ces deux-là, et ils renfonçaient leur chapeau neuf sur la tête, et ils fourraient leurs gants dans leurs poches. Même que le fermier de Porchefontaine jurait et sacrait comme un païen, tout en remontant dans sa belle carriole et en fouettant son *normand*. Ah bien ! les maîtres fermiers du Josas ont imaginé là une belle finesse. Et ce Magloire qui est venu le dernier, voilà un joli com-

père ! — Hé ! je ne le crains pas, moi, dit-il en se retournant vers les valets qui l'écoutaient, j'ai plus de
cœur que vous autres. — Ah ! les richards du Josas,
estimant les biens de la bourgeoise à leur conve-
nance, ont juré de la tourmenter si fort, qu'elle
soit obligée de prendre l'un d'eux pour chasser
les autres. Je vous dis, moi, qu'elle est décidée à
ne point se marier, et qu'elle a raison. Est-ce vrai,
Médée ?

— Il faudra voir mûrir les foins et les blés, s'écria
le charretier. Qui conduira les faneurs dans la vallée
et les moissonneurs normands sur le plateau ? Pardié!
si c'est la demoiselle, elle se rôtira donc toute vive. Ça
n'aime point le soleil, les filles riches.

— Ce n'est pas au moins qu'elle ait le teint blanc,
murmura la petite Zoé.

— Moi, fit d'une voix sourde celui qu'on avait
appelé Médée, je la trouve trop riche, quatre cents
arpents de bonne terre ! la Grange-Dame-Rose et Bel-
et-Bas, deux fermes, quand le pauvre monde meurt

de faim! Il n'y aurait point de mal à ce qu'elle se rui-
nât un peu !

— Pour sûr, elle l'aurait bien mérité, ajouta la
vieille servante.

— Bah ! s'écria Zoé, il n'y a pas de danger qu'elle
perde seulement dix écus, puisqu'elle va prendre un
mari. Les garçons l'y forceront bien, ils l'ont juré.

— Possible! fit le valet qui avait porté le premier
la parole. Mais les Bongenoux ont la tête dure ; je le
sais bien, moi, qui bats pour eux dans la grange depuis trente-six ans tout à l'heure. Il y a trois mois,
feu Marcel Bongenoux est tombé comme feu Julien,
la face contre terre dans son jardin, et il est mort, le
pauvre homme, *sans avoir voulu seulement dire un
mot.* C'est leur manière d'en finir ; ils vivent durement et meurent tout de même. Un Bongenoux veut
bien ce qu'il veut ! Six heures après la mort du bourgeois, la demoiselle avait décidé qu'elle gouvernerait
ses deux fermes par elle-même, et vous voyez bien
qu'elle tient bon.

— C'et pourtant vrai, fit la petité Zoé, que la bourgeoise a de la tête?

— Bah! reprit la vieille, une demoiselle de la ville!
On l'a envoyée en pension comme toutes ces grandes
précieuses-là! C'est la mode! Elles vont là pour apprendre à mépriser père et mère, et le bon Dieu sait
ce qui en advient. La fille de Porchefontaine s'est en-
sauvée, avec un lieutenant, à ce qu'ils disent. Moi,
je sais bien ce que c'est qu'un lieutenant, c'est un
soldat.

— Maudite langue de vieille! méchantes caillettes!
s'écria le batteur en montrant le poing aux trois servantes; qu'est-ce qu'il y a donc de commun entre les
gens de Porchefontaine et ceux de la Grange-Dame-
Rose et de Bel-et-Bas?. Cela vous étonne, que d'une
si brave lignée d'honnêtes gens soit sorti un brave
cœur, comme celui de la demoiselle; son père Marcel
et Julien son oncle l'avaient...

— Pardine! interrompit le traître Médée avec un
mauvais sourire, il était grand temps que Julien Bon-

genoux trépassât il y a deux ans. Il aurait bien pu finir en prison, cet honnête homme-là.

— Les huissiers rôdaient comme des loups dans les oseraies de Bel-et-Bas, reprit le charretier.

— Je les ai vus aussi, fit Zoé.

— Heu ! dit la servante, Julien avait plus de dettes que d'esprit pour s'en tirer. Les Bongenoux ne sont point des finauds.

— Mais enfin, reprit Madeleine, feu Marcel, son frère, lui a acheté sa ferme et a payé tout ce qu'il devait. Chacun d'eux trouvait son compte à ce marché-là ; Julien est mort comme un saint homme, et la demoiselle a les deux fermes.

— Eh ! voilà bien ce qui n'est pas clair, s'écria la vieille servante en se levant tout à coup ; je vous dis, moi, que les deux frères ont machiné quelque chose ensemble, car ils n'ont point pris de notaire, comme c'est l'usage dans le pays. Julien a signé un papier, Marcel s'est trouvé content : qui peut savoir si le papier est bon ?

— Si Jacques revenait ! dit le charretier.

La vieille mégère se mit à rire, et, pendant un instant, tout le monde se tut.

Je pense qu'il ne reviendra pas, fit la Madeleine d'une voix qui tremblait ; bien sûr, il n'oserait reparaître dans le canton où les petits enfants eux-mêmes savent que son père l'a maudit. Et puis on l'aura pendu ou tué. Il paraît que dans ce pays-là, on s'assassine aussi facilement que dans le Josas on s'embrasse. Il était si brutal et si méchant !

— Il battait tous ses camarades, interrompit Médée, et les laissait pour morts sur les chemins ; il faisait peur à tout le pays.

— Il a tué son père, reprit la Madeleine ; on dit qu'en apprenant un matin la fuite de son fils, le bonhomme avait voulu se détruire. Depuis lors sa tête s'est dérangée et en deux ans il s'est ruiné. Jacques est allé là-bas chercher de l'or, il ne reviendra pas.

Le batteur se taisait toujours.

— Eh bien ! s'écria la vieille d'une voix triomphatne,

moi je pense qu'il reviendra. Feu Marcel, l'année dernière, a reçu une longue lettre, dans laquelle le gar-
nement lui annonçait son retour. Et que pensez-vous
qu'il fasse en mettant le pied dans le Josas? Il ira tout
droit à Bel-et-Bas, et, en entrant dans la cour, il dira :
Ceci est à moi. La demoiselle n'aura plus qu'à déguer-
pir. Bien heureuse s'il lui laisse la Grange-Dame-Rose.

Mais elle n'en put dire davantage, car la petite Zoé,
qui s'était écartée, vint bondir au milieu du cercle.

— Et moi aussi, s'écria-t-elle, je vais vous conter
ce que je sais !

Écoutez-moi donc, reprit-elle : quand le bourgeois
de la Louvette, Pierre Magloire, est venu à son tour voir
la demoiselle, il ne s'en est point retourné en jurant
comme tous les autres. Il se tordait de rire, et je crois
bien que c'était de bon cœur; il m'a appelée sous la
grande porte et voilà ce qu'il m'a dit à l'oreille: « Je
sais pourquoi ta maîtresse nous refuse, c'est qu'elle
attend Jacques son cousin. » Et puis il est remonté
dans sa carriole.

— Bon! s'écria la vieille, autrefois on voulait les marier ensemble.

— Oui, grommela Médée, mais maintenant il ne voudra plus épouser que la ferme.

— Il faut donc, répliqua Madeleine, que la demoiselle choisisse au plus vite un brave garçon qui la défende contre ce bandit-là.

Le batteur lui-même commençait à se sentir ébranlé.

— C'est égal, fit-il d'un air de doute, la demoiselle ne se mariera pas. Je la connais bien.

Mais la petite Zoé partit d'un grand éclat de rire.

— Ils l'y forceront, à ce que je vous dis, s'écria-t-elle. Ah! ils ont pris le bon moyen.

— Oui, reprit la vieille servante, en riant plus fort que sa compagne, il est bon, ce moyen-là, vis-à-vis des filles, de leur faire de la peine; et déjà ils lui ont donné un sobriquet, à la bourgeoise.

— Un sobriquet? répéta le batteur.

— Savez-vous comment Magloire a imaginé de la

nommer parce qu'elle est noire? s'écria Zoé qui continuait à se pâmer de rire.

— Bon! fit derrière elle une voix sourde accompagnée d'une sorte d'étrange gloussement qui lui fit
peur, comment M. Magloire nomme la bourgeoise?
Hé! morguienne, il la nomme la *grande dame rose!*

C'était Choblet, le berger de la ferme; mais la
joyeuse Zoé ne put lui répondre, et le silence se fit
tout à coup parmi les servantes et les valets. Marcelle
Bongenoux venait d'apparaître dans la cour et marchait à petits pas vers l'habitation.

Il n'y a rien sous le soleil qui ressemble moins à
une paysanne qu'une fermière de l'Ile-de-France.
Marcelle ne portait pas le costume du pays, et son deuil
était de laine et de crêpe, comme celui d'une femme
de la ville. Grande, mince, affaissée le plus souvent
par d'impitoyables préoccupations, ou par un chagrin
encore récent, elle avait la démarche contrainte et jetait en marchant les yeux autour d'elle avec une visible défiance, car elle n'ignorait pas que les mauvais

plaisants l'appelaient déjà d'un nom dont les femmes les plus sages se trouvent offensées. Ce n'était un mystère pour personne que ses vingt-sept ans venaient de sonner, bien qu'à petit bruit, et on la traitait de vieille fille ; mais trois mois auparavant, lorsque son père avait été frappé de cette terrible mort commune à toute la race des Bongenoux, la vieille fille avait donné la mesure de son courage en se faisant fermière. Elle savait bien que le Josas ne lui pardonnerait jamais.

Ce n'était que de ce matin-là, pourtant, qu'elle connaissait la nouvelle insulte que Pierre Magloire avait imaginée pour la punir, et la communication bizarre qu'il avait faite à la Zoé, quinze jours auparavant, au momont de sortir de la ferme. De tous les prétendants ameutés contre elle, Pierre était celui qu'elle redoutait le plus, car l'armée des conjurés du Josas voyait en lui sa réserve. Le jeune fermier de la Louvette était sans contredit le plus grand et le plus large, le plus jovial et le plus fort, le plus éloquent et le plus beau

de tous les épouseurs de la contrée. Il avait reçu de
l'éducation, savait fort bien lire et bien mieux compter ; il aurait écrit amour avec un H, mais il aurait
pu l'écrire ; il buvait sec, jurait ferme, jouait gros,
courtisait les bergères et les servantes, et ne trouvait
guère de cruelles, parce qu'il se faisait la barbe deux
fois par semaine, que les jours ouvrables il portait du
drap sous sa blouse, qu'il quittait sa blouse le dimanche, et qu'enfin c'était un *monsieur*. Bien loin de
suivre la ligne de conduite des autres galants et de
s'en aller par le bourg, maugréant contre la fermière,
Pierre Magloire, après sa déconvenue, s'était renfermé
chez lui, se faisant passer pour malade, comptant
bien que le bruit de cette fièvre subite arriverait jusqu'à la Grange-Dame-Rose, et disant d'un ton emmi-
miellé que de tous les prétendants, il était le seul que
l'intérêt n'eût pas conduit. Mais quand il était sorti
de son lit et de sa retraite, son plan de vengeance était
tracé.

La ferme qu'habitait Marcelle n'avait pas toujours

porté le nom de la Grange-Dame-Rose, composé de
trois mots, dont le premier n'avait avec les autres aucune parenté. Cinquante ans auparavant, on disait
la *Grande-Dame-Rose;* les vieillards s'en souvenaient
bien : ils se rappelaient aussi que de leur temps il y
avait encore dans le Josas quelques restes d'une tra-
dition que leur mémoire était désormais impuissante
à rassembler, mais qui eussent expliqué peut-être
cette dénomination, étrange au moins pour une
ferme. A force d'appliquer sa finesse à chercher quelque méchante bouffonnerie qui pût blesser Marcelle
au cœur, Pierre Magloire avait donc fini par décou-
vrir que cet ancien nom de la Grande-Dame-Rose,
transporté de la ferme à sa maîtresse, ne pouvait
manquer de donner lieu à une suite piquante de ba-
dinages et de quolibets dont tout le mérite serait pour
lui. A peine avait-il parlé que les plus obtus esprits
du canton saisissaient la cruelle ironie du trait.

Au village de même qu'à l'école, toute haine se ma-
nifeste immédiatement par un sobriquet. La grande

dame rose, quelle trouvaille! Marcelle était brune, brune à faire peur, disaient ses ennemis ; les contours de son visage méditatif et doux étaient mal remplis ; sa chevelure longue et opulente, mais d'une nuance particulière qui rappelait presque celle de l'acajou, se crêpait trop naturellement autour de ses tempes bistrées ; ses yeux étaient si noirs que l'iris et la prunelle se confondaient, ce qui donnait à son regard une ardeur voilée à laquelle de vrais observateurs ne se seraient pas mépris. Évidemment ces yeux-là n'étaient pas ceux d'une fille résolue de tenir à tout jamais son cœur en prison. Mais il n'y avait point d'observateurs dans le Josas, il n'y avait que des malins, et l'excellente plaisanterie de Pierre Magloire avait fait en quelques heures le tour du pays.

III

Le silence subit qui venait d'accueillir son appari-
tion dans la cour fit sourire tristement mademoiselle
Bongenoux. — « Ils connaissent déjà le sobriquet, »
se dit-elle, et elle se hâta de rentrer au logis. Cette
petite maison qu'elle habitait au milieu de la ferme
n'était rien moins que souriante et coquette. Les murs
en avaient été peints autrefois, mais en quelle couleur? les maîtres eux-mêmes l'avaient oublié. Le plus
vigoureux des badigeonneurs, je veux dire le Temps,
avait à son tour passé le pinceau sur ces vieilles pier-
res, et la sombre maisonnette ne s'égayait plus qu'au
printemps, alors que les deux grands rosiers qui
grimpaient autour des fenêtres laissaient retomber
leurs branches fleuries.

Marcelle entra dans la salle basse. La table était

prête, et dix écuelles proprement rangées attendaient les dix convives. Devant la cheminée, l'une fièrement campée sur son trépied au-dessus de la flamme, l'autre gracieusement accroupie dans les cendres, la fille de cuisine et la marmite ronflaient dans le plus bel accord. Si grande demoiselle qu'elle fût, suivant les médisants du Josas, Marcelle songea d'abord à la marmite et ne dédaigna pas d'y jeter de la main une poignée de sel, puis elle réveilla doucement la servante, car la douceur était la base de son autorité, et quittant la cuisine elle gagna l'escalier de bois qui menait au premier étage. Une seule lucarne éclairait cet escalier aux marches tremblantes, aux murs salpêtrés, froid et délabré comme le reste de la maison. La jeune femme monta avec effort en s'appuyant de ses deux mains sur la rampe et arriva devant une porte qu'elle ne poussa qu'en tremblant.

La chambre qui s'ouvrait devant elle était une vaste pièce où régnait cet air de vide et cette lourde tristesse qui remplit comme un dernier souvenir

d'eux-mêmes la demeure des morts récemment partis.
Le lit de noyer drapé de serge était disposé pourtant
comme si le soir encore il eût dû recevoir son hôte
ordinaire; le grand fauteuil de paille garni d'un cous-
sinet de crin était placé devant le bureau, le gigantesque miroir à barbe du père Bongenoux, — car cette
chambre avait été la sienne, — demeurait suspendu
à l'espagnolette de la croisée; les fouets et bâtons
étaient rassemblés dans un coin. Marcelle passa lentement en revue ces objets sacrés; — au milieu de la
pièce, le portrait de feu Bongenoux lui-même, dans
le grand habit de fête de son temps, simple lévite
noire et cravate rouge, ressortait d'un beau cadre
aussi bien doré qu'une pendule. — Ce fut devant la
chère image que Marcelle s'arrêta.

Cette peinture était l'hommage d'un jeune peintre
qui, passant autrefois par le Josas avait reçu l'hospitalité à la Grange-Dame-Rose. Il n'y avait pas à s'y
méprendre : c'était bien l'énorme tête, le visage apo-
plectique, l'œil ouvert de tous les Bongenoux. — Mais

Marcelle vint à penser que ce portrait n'était pas seulement celui de son père et qu'il y avait encore quelqu'un au monde à qui il ne ressemblait guère moins. Elle s'en éloigna brusquement.

Mais elle y revint presque aussitôt, ramenée au passé par son émotion même et se rappelant la joie naïve de son père lorsqu'il lui avait offert ce portrait. Elle avait huit ans alors et n'avait senti qu'à moitié la valeur d'un tel présent. Le père Bongenoux, pourtant, ne le lui avait point fait à la légère ; car, avant de se confier au hasard du pinceau, il avait longuement hésité. Mais de tout temps il avait passé dans le Josas pour un homme de goût, presque un raffiné, et quoiqu'il n'en voulût pas convenir, cette réputation le flattait extrêmement. Personne n'ignorait, par exemple, qu'il faisait chez lui collection de curiosités, et les railleurs avaient beau jeu. Lorsqu'il donnait à dîner et qu'à l'heure du dessert apparaissait sa vaisselle peinte, de jaunes sourires de convoitise ne manquaient jamais de courir autour de la table, et Bongenoux qui les voyait bien, au lieu de s'en laisser troubler, se pâmait d'aise. Bien qu'il fût sorti du pays dans sa jeunesse et qu'il eût même vécu dans les villes, le bonhomme n'avait jamais abjuré ce violent amour des images qui tient tous les campagnards, et que cela fût barbouillé sur des assiettes ou sur des verres, sur de la toile ou sur du papier, tout ce qui ressemblait à de la peinture le ravissait à la terre. Aussi ses hésitations avaient-elles fini par se dissiper : il avait posé devant son hôte, les deux mains croisées sur son ventre, le sourire aux lèvres, et le plus beau jour de toute sa vie avait été celui où, l'œuvre se trouvant achevée, il s'était vu dans son cadre d'or et accroché à son mur. Depuis lors, sa passion n'avait plus connu de mesure; le papier aurore et bleu qui tapissait sa chambre s'était peu à peu recouvert d'estampes achetées de toutes parts aux foires, aux colporteurs, à la ville même; il en avait collé d'autres sur les vitres de la fenêtre et sur les panneaux de la grande armoire : on en voyait jusque sur le *tambour* du vieux bureau.

'Marcelle avait toujours respecté l'innocente manie de son père, et jamais cette collection vraiment diverse ne lui avait arraché même un sourire. Elle fit une seconde fois le tour de la chambre; mais il lui semblait que les choses et la pensée du mort ne l'occupaient point uniquement ce jour-là. Elle était arrivée devant l'armoire, elle hésita, recula d'un pas, puis fit un autre pas en avant et porta la main sur la serrure qui eut l'air de s'ouvrir d'elle-même. Alors sur l'une des tablettes elle vit un cadre doré semblable en tout à celui qui renfermait le portrait de son père. Il ne se trouvait là sans doute que parce que dans l'encombrement de la chambre il n'avait point trouvé de place. Elle le prit, le posa doucement sur le bureau et s'assit à le regarder.

C'était aussi un portrait, celui de deux enfants, un garçon de douze ans environ, et une fillette plus jeune de quelques années. Le premier, vigoureux et trapu, emprisonné dans une belle petite veste de velours que le moindre mouvement de ses larges épaules eût dû faire craquer, portait une main révoltée dans la frisure qu'on avait imposée, pour ce jour-là, à ses cheveux roux, et tendait l'autre main à sa compagne, qui la pressait d'un air gauche et triste. Évidemment l'artiste, le même qui avait peint le père Bongenoux, n'avait pas su gagner la confiance de ces deux enfants avant de les faire poser devant lui. Au lieu de l'expression familière à ces jeunes visages, il n'en avait saisi que la grimace. Aussi, sentant bien que la ressemblance ne ferait que gagner à une courte explication, et voulant rassurer sans doute sa conscience un peu troublée, il avait écrit ces mots avec du crayon rouge au bas du tableau : *Jacques et Marcelle Bongenoux.*

La méchante toile! Et que de souvenirs pourtant elle ranimait dans le cœur de Marcelle! La jeune femme se disait que jamais elle ne l'avait examinée si attentivement. Était-ce de la tristesse ou de la joie que cet examen faisait naître en elle? Pendant treize ans entiers le pauvre tableau avait été l'honneur de cette chambre. En ce temps-là, si le fermier recevait quelque visiteur, après lui avoir fait tout d'abord admirer sa propre image, il ne manquait jamais de l'amener devant ce qu'il appelait *son pendant*. « Ce sont mes deux enfants, lui disait-il. » Hélas ! ce n'était point par un vain jeu de la fortune ni par l'humeur inconstante du maître que le pendant était passé de sa place d'honneur à l'armoire. Le jour de la fuite de Jacques, le fermier, sans proférer un seul mot, était monté tout droit à la chambre, et, détachant de la muraille le portrait de son neveu, n'ayant pas le courage de le mettre en pièces, comme il s'était bien juré de le faire deux minutes auparavant, il l'avait caché. Marcelle, le soir même, avait trouvé la cachette.

La Grande-Dame-Rose alors n'avait que vingt ans, et il s'en fallait bien qu'elle fût sérieuse et forte comme elle l'était devenue depuis. Le passage de l'enfance à la jeunesse avait été marqué chez elle par de longs malaises qui semblaient avoir engourdi son être ; elle

ne vivait que par miracle, craintive et languissante,
et se laissant aimer par son père et par les siens sans
témoigner même qu'elle fût heureuse d'être aimée.
Mais, en apprenant le départ de son cousin, l'insen-
sible fille avait trouvé tout à coup de si brusques ac-
cents, que son père stupéfait en oublia pour un instant sa propre colère. Et maintenant il n'était pas de
jour où l'impression de cette première douleur ne vînt
encore se raviver comme une flamme au fond du cœur
de la jeune femme. Jacques était à jamais perdu pour
elle. Elle n'osait s'attendre à son retour et croyait ne
point le souhaiter. Et pourtant toutes les fois qu'elle
se sentait faible et isolée, instinctivement elle venait
rouvrir cette armoire et prenait le portrait.

Jacques ne lui avait jamais dit qu'il l'aimait; mais
il ne lui montrait point la même dureté qu'à tous ses
proches. Elle savait qu'elle devait être sa femme, et
jamais elle n'avait désiré rien de plus que cette affec-
tion taciturne dont elle se sentait protégée. Autrefois,
lorsque enfants tous les deux ils s'en allaient par les

bois, serrée contre lui, si la nuit les surprenait, elle continuait de marcher en riant sous le dôme noir, et les bruits mystérieux qui passaient dans les halliers ne lui faisaient pas peur. C'était ainsi qu'elle s'était faite à la pensée de marcher toujours à ses côtés dans la vie comme dans la forêt, se reposant du soin de sa sûreté sur ce guide fidèle, qui un jour lui avait manqué. La nuit tombait peu à peu : Marcelle tenait toujours le tableau devant elle; mais elle n'en distinguait plus les figures. Elle songeait amèrement que ses vingt-sept ans étaient sonnés, que la jeunesse allait lui dire adieu, et qu'elle vivrait dans l'isolement. Jamais pourtant elle n'avait eu plus grand besoin d'être consolée et défendue. « Jacques! » murmura-t-elle.

Elle alluma sa lampe. Accoudée sur le bureau, elle se reprit à la contemplation de ce portrait d'enfant qui ne lui rappelait qu'imparfaitement les traits de l'homme. L'artiste toutefois, sans s'en douter, l'avait bien servie, en reproduisant cette morne expression qui devait être plus que jamais celle du visage de Jac-

ques après tant de luttes et d'épreuves. Jamais elle
n'avait voulu croire aux sinistres prédictions de son
père, et lorsqu'il lui disait : « Jacques a tué ton
oncle; il ne reviendra que pour nous faire mourir de
honte à notre tour, » souvent à force de prières elle
l'empêchait d'en dire plus. Elle savait bien que son
cousin était généreux et bon au fond du cœur; elle
savait aussi qu'il était brave et fort. Ah ! les dandies
du Josas n'auraient pas osé soutenir deux jours leur
méchante gageure, si Jacques en ce moment eût été
près d'elle comme dans le portrait.

Tout à coup un bruit inexplicable retentit dans le
bas de la maison. On aurait dit une querelle, un tumulte de voix qu'une seule domina bientôt. Marcelle
se leva, prêta l'oreille, et passa sur son front ses
mains brûlantes. Mais elle se trompait sans doute ; sa
mémoire et son cœur se plaisaient à l'égarer. La même
voix s'éleva de nouveau rude et impérieuse. La jeune
femme se sentit fléchir. Mais en une seconde elle
s'était remise, et elle s'élança dans l'escalier.

Devant la porte de la salle basse, à demi cachée dans l'ombre, elle s'arrêta. Un homme était debout au milieu de la salle. L'arme qu'il portait en bandoulière, ses haillons, sa taille d'athlète et sa mine sinistre avaient fait reculer les servantes ; les valets se levaient un à un et s'avançaient lentement vers lui. Mais ni les cris ni les menaces ne semblaient émouvoir beaucoup l'étranger. Appuyé sur un long bâton, il attendait froidement la fin de l'orage.

— Pour la troisième fois, dit-il, je demande à voir le maître de la ferme.

Un des valets enfin, le plus hardi et le plus robuste, Médée, s'approcha.

— Est-ce avec un pareil bijou, demanda-t-il en désignant la carabine, qu'on se présente chez d'honnêtes gens ?

L'étranger, sans répondre, détacha son arme et la jeta sur la table.

— Où est Marcel Bongenoux? répéta-t-il.

Mais le valet s'était glissé près de la table, il avait

la main sur la crosse de la carabine et se sentait bien plus fort.

— La porte de la grande cour est fermée, reprit-il en élevant la voix à son tour ; car nous n'aimons pas les vagabonds à la Grange-Dame-Rose. Pour arriver ici, il n'y a plus d'autre passage que le jardin. Vous aurez franchi la haie qui fait face au bois, mon camarade ; il faut donc que vous connaissiez la ferme.

L'étranger sourit tristement.

— J'ai vu la Grange-Dame-Rose autrefois, répliqua-t-il en fixant son regard clair et méprisant sur son interlocuteur. Que craignez-vous donc de moi, vous autres ? Je me suis désarmé sans qu'on m'y forçât, et je suis seul. Il y a ici dix hommes...

Et comme tout le monde se taisait,

— Une dernière fois, s'écria-t-il, où est le maître?

Médée leva les épaules et regagna tranquillement sa place. Il était sûr que la carabine n'était point chargée.

— Le maître est mort, dit-il.

— Mort! répéta sourdement l'étranger. Il resta muet pendant quelques secondes, puis il releva la tête. Marcelle était devant lui; elle lui tendait les deux mains.

— Jacques! s'écria-t-elle, je t'ai reconnu, moi.

Dans le vif élan qui l'avait entraînée vers lui, elle le tutoyait comme autrefois. Jacques ne vit point qu'elle était rouge et qu'elle tremblait à la pensée qu'elle allait recevoir de lui le baiser du retour. Il gardait sa main dans les siennes, sans songer même à la serrer.

— Ils ne m'avaient pas trompé, lui dit-il enfin. Vous êtes maintenant la maîtresse de la Grange-Dame-Rose. Il faut donc que je vous parle, ma cousine.

Marcelle éprouva une sensation singulière; elle releva les yeux vers son cousin. « Ce ne peut être lui,» se disait-elle. Mais Jacques aussi la regardait. Elle eut froid au cœur et se dirigea lentement vers la table où elle prit un chandelier allumé, puis elle fit signe à Jacques de la suivre. Il allait sortir avec elle; les valets, revenus de leur première surprise, se trouvèrent groupés sur son passage, et Médée, le hardi compagnon qui seul avait osé lui parler, porta la main à son chapeau.

— Ah! ah! fit Jacques. Vous me reconnaissez à présent. Mais ne me saluez point, je ne suis rien de plus que vous ici.

Marcelle se retourna vivement et lui jeta un regard où se lisait un reproche si ferme et si juste qu'il se tut. Mais aussitôt elle craignit de l'avoir affligé. Les serviteurs l'avaient blessé, ils avaient insulté à la détresse, n'avait-il pas le droit de se venger même sur elle qui n'avait pas songé à les punir? Ce n'était peut-être qu'à cause de ces gens grossiers qui l'épiaient que Jacques avait cru devoir se contraindre et lui répondre si froidement. Toutes ces réflexions qu'elle avait faites en une seconde ne donnèrent à Marcelle qu'un plus vif désir de se trouver seule avec son cousin, et elle se mit à gravir l'escalier d'un pas si rapide qu'il la suivait avec peine. Puis une nouvelle crainte l'arrêta.

Où conduire Jacques? Dans sa chambre? Le pouvait-elle ? Jacques, décidément, lui montrait trop de froideur et de sécheresse et il n'avait eu garde de la tutoyer, lui. Ce n'était plus là un ami d'enfance, presque un frère ; ce n'était qu'un parent, presque un étranger. Il semblait, d'ailleurs, à Marcelle que la chambre de son père était un lieu plus convenable pour l'entretien qu'elle allait avoir avec son cousin. Mais il fallait d'abord qu'elle y entrât seule, car le portrait de Jacques et le sien étaient demeurés sur le bureau. Du premier coup d'œil le jeune homme pouvait deviner qui l'y avait mis.

Tout à coup la lumière que Marcelle tenait à la main s'éteignit ; et, tandis que Jacques restait dans l'obscurité, la jeune femme, pénétrant dans la chambre, atteignait le bureau, saisissait le portrait et le jetait par-dessus le rideau de la fenêtre. — La lumière reparut, Jacques entra : Marcelle, hors d'haleine, s'était assise. — Je ne suis pas plus adroite qu'autrefois, lui dit-elle en souriant.

Jacques ne répondit pas. Tout le naïf manége de

3*

sa cousine lui avait échappé, et son émotion trop visible ne réussissait qu'à le mettre en défiance. Il examina cette chambre qu'il ne reconnaissait que trop bien.

— C'était sa chambre, reprit Marcelle.

— Oui, répliqua-t-il, vous restez seule au monde comme moi ; oui. Mais on ne dira point de vous, comme on dit de moi : elle a tué son père. Vous étiez une fille docile, vous êtes à présent une héritière, et l'on vous respecte. Moi, je ne suis qu'un vagabond. Mais que vous importe? Voilà donc, ma cousine, ce que j'avais à vous dire, continua-t-il en se rapprochant tout à coup de Marcelle. Votre père a fait au mien un lit de mort qu'il n'appartient qu'à moi de payer. Il a acquitté toutes ses dettes et sauvé son nom... Ne m'interrompez pas. C'est pourquoi je venais m'offrir à lui comme son esclave et comme sa chose. Il est mort à son tour, et c'est vous qui commandez ici. Voyez ! je suis fort et bien portant. Voulez-vous m'accepter pour l'un de vos valets?

Marcelle était plus rouge qu'un instant auparavant, lorsque dans la salle basse elle attendait un baiser de Jacques. Elle le regardait à la dérobée, cherchant à s'expliquer ses dures paroles.

— Il me serait aisé de vous faire voir que vous vous trompez, balbutia-t-elle. Vous ne nous devez rien, car votre père nous a donné Bel-et-Bas, qui était à vous...

— Bel-et-Bas était hypothéqué au delà de sa valeur, interrompit Jacques. Mon père ne l'a point donné, il l'a vendu ! Allons, ma cousine, mes beaux habits vous auront fait peur. N'en parlons plus ; je peux travailler ailleurs ; je m'acquitterai de loin.

Marcelle se redressa. Ce n'était plus une dureté cette fois, mais presque une injure dont Jacques la frappait. Elle étendit la main vers le bureau, ouvrit un tiroir secret et en tira une liasse de papiers timbrés qu'elle tendit à son cousin.

— Vous, Jacques, un vagabond ! s'écria-t-elle. Pardonnez-moi. J'en étais restée sur ce mot-là et je ne vous écoutais plus. Voici l'acte de donation que

votre père avait faite au mien. Croyez-vous que je ne
sache pas à mon tour qu'il n'avait pas le droit de la
lui faire? Ah! mon cousin, j'étais un enfant quand
vous nous avez quittés. Le malheur m'a bien changée, il m'a surtout instruite. En vérité, je sais la loi;
ne riez point. Bel-et-Bas, vous dis-je, n'est qu'à
vous, bien à vous; et, — ajouta-t-elle vivement, — il
est libre de toute charge; car c'était l'intention de
mon père de vous le rendre ainsi tôt ou tard : la donation n'était qu'une feinte. N'est-il pas bien naturel
que de bons frères se rendent mutuellement de grands
services? Votre père n'aurait pas agi autrement envers
nous, si la Grange-Dame-Rose s'était trouvée en péril. Allons, mon cousin... Mais prenez donc cet acte;
c'est votre bien.

Jacques repoussa les papiers d'un geste. Il était
ému à son tour. La sincérité de Marcelle dont il ne
pouvait plus douter remuait enfin tout ce qu'il restait
en lui d'intime et de tendre, et il se prit à la considérer en silence. Comme elle avait eu raison de lui dire

qu'elle était changée ! Elle se tenait toujours devant lui, froissant entre ses mains l'acte de donation ; ses joues brunes s'empourpraient de plus en plus, ses yeux noirs brillaient d'un feu extraordinaire, son cœur était à la torture. Et pourtant Jacques, encore une fois, eut besoin de sonder ce cœur qui s'ouvrait de lui-même.

— Cette donation était donc une feinte ? dit-il. Telle était bien la pensée de votre père ? Jurez-le-moi, ma cousine.

— Ah ! Jacques, dit-elle à demi-voix, mon père ne vous avait pas encore tout à fait pardonné...

Jacques fit un violent effort pour se contenir.

— Votre père ! répliqua-t-il. Il me connaissait mieux que vous ; il ne songeait pas vraiment à m'offrir ce que je n'aurais pu accepter. Non, Marcelle, non, non. Ce n'est pas à vous de comprendre ce que se doit un homme, car vous êtes une femme. Mais vous avez un brave cœur, ma cousine. Il n'y a qu'un brutal comme moi qui pouvait se défier de ce cœur-là. Ne me répondez point, je vous refuse : mon lot à moi, c'est la pauvreté. Et c'est aussi mon châtiment, Marcelle. Je suis un vagabond encore une fois, le premier vagabond qui payera ses dettes. Oui, Jacques Bongenoux les payera !

Marcelle avait de nouveau baissé les yeux. — Regardez ! lui dit-elle sans les relever. J'ai refusé votre refus, moi.

Et du doigt elle lui montra sur le plancher la donation déchirée en morceaux. Jacques les dispersa du pied.

— Ah ! voilà qui est vraiment généreux, dit-il d'une voix rauque ; c'est de la charité, n'est-il pas vrai ? On jette du pain à un pauvre, même malgré lui. Les propos de mes anciens amis du Josas vous auront appris, ma cousine, qu'un homme qui a quitté son pays ne saurait plus avoir d'honneur ni de fierté. Mon oncle justement me le disait dans sa lettre, et vous êtes la fille de votre père... Mais non ! Est-ce qu'on sait dans le Josas, ce que c'est que d'avoir de l'honneur? Ma fortune est là pourtant, là, reprit-il, dans ces morceaux de papier qui s'envolent. Ah! ah! vous voyez bien qu'il faut que je parte et que la tentation me gagnerait. Tonnerre! Je suis un vagabond, un vagabond, vous dis-je, et je me fais gloire de ce nom-là.... Je ne suis pas un mendiant !

Marcelle était allée reprendre sa place devant le bureau. — Vous partirez donc? s'écria-t-elle ; vous...

— Oui, je vous entends, interrompit Jacques, je suis un ingrat. — Et il se mit à parcourir la chambre à grands pas. Lorsqu'au bout d'un instant il regarda la jeune femme, il aperçut deux larmes muettes qui roulaient sur ses joues. Il vint s'asseoir auprès d'elle.

— Il ne faut pas que vous m'en vouliez, lui dit-il. Je crois décidément que je ne vous ai montré jusqu'ici que mauvaise humeur et qu'injustice. Mais aussi pourquoi m'avoir blessé?

— J'en suis fâchée, mon cousin, repartit Marcelle d'un ton si grave et si résigné que Jacques, à ce moment, détourna la tête. — Ce n'était pas mon dessein.

Il me semblait tout simple que l'héritage fût partagé entre nous, puisque mon père vous avait longtemps traité comme son fils, et que je vous regardais, moi, comme un frère. Et puis... pourquoi chercherais-je à user de feinte avec vous? Écoutez-moi donc, Jacques. Oh! ce n'est pas que je veuille comparer mes petits chagrins à ces dures souffrances qui ont... un peu changé votre cœur. Mais... je ne sais pourquoi j'hésite... Ma situation est bien fausse, mon cousin. Comme vous me le disiez tout à l'heure, je ne suis qu'une femme. On le sait trop bien dans le Josas.

— Qui vous a insultée? demanda Jacques d'une voix brève.

— Insultée? répéta-t-elle avec un pénible sourire, voilà peut-être un mot bien fort. Non, pas insultée, mais obsédée, assiégée même. Tenez, Jacques, croiriez-vous que je viens d'être l'objet d'une gageure? Ah! reprit-elle, ils ne savent point qu'ils m'ont fait tant de mal!

Ce ne fut qu'en tremblant qu'elle raconta le com-

plot formé contre ses quatre cents arpents de terre et
sa personne, car elle sentait que cette confidence, le
dernier moyen qui lui restât de retenir Jacques, était
pleine de hasards et de périls. C'était bien au frère,
non au fiancé d'autrefois qu'elle voulait la faire, et
pourtant elle se garda de révéler à son cousin le ridicule sobriquet que Pierre Magloire lui avait donné.
A ce nom de la Grande-Dame-Rose, Jacques aurait
souri peut-être, et Marcelle, en ce moment, prenait
trop de plaisir à voir de la colère sur son visage pour
risquer de la dissiper.

— Mais qui a dirigé cette sotte entreprise? s'é-
cria-t-il.

Marcelle décidément ne voulait point nommer
Magloire, car elle avait peur d'être vengée trop tôt.

— Je ne sais, dit-elle vivement. Mais, avouez-le,
mon cousin, j'ai besoin de vous, ajouta-t-elle en souriant toujours.

Jacques fit un signe de tête affirmatif. Elle se leva.
Sa gaieté n'était plus forcée.

— Pourquoi me demander leurs noms? s'écria-t-elle. Ne les connaissez-vous pas, ces gentils galants? Ce sont les mêmes à qui vous faisiez si grand'peur, quand nous étions enfants comme eux. Tenez, Jacques, pour qu'on me respecte à tout jamais dans le Josas, il suffira, je crois bien, que vous passiez un mois à la ferme. Allons, mon cousin, vous avez dit oui! Oh! ne craignez pas de vous ennuyer ici; je ne serai plus triste. Et puis vous me raconterez votre histoire à votre tour... Vous ne me répondez pas!

Jacques mit dans sa main puissante la main brune et effilée de sa cousine.

— Mon histoire! dit-il en riant aussi d'un air métallique qui fit résonner cette chambre spacieuse. Si je vous racontais mon histoire, Marcelle... Mais parlons de vous plutôt. Lorsque votre père est mort, pourquoi n'avoir point vendu vos deux fermes et n'être pas allée vivre à la ville? Ah! ah! vous avez voulu demeurer une paysanne. Les gens du Josas ont compris depuis longtemps que les Bongenoux n'étaient

des leurs qu'à moitié, et c'est pourquoi ils vous en
veulent. Ils m'en veulent bien plus qu'à vous, ma cousine. Que n'ont-ils pas dit de moi! que j'avais pillé,
tué peut-être! — Ils ont dû dire que j'avais tué,
ajouta-t-il comme en se parlant à lui-même. — Et si
je restais ici, que diraient-ils encore? Non, non, je ne
peux passer un mois à la Grange-Dame-Rose, non, pas
même une semaine, pas même un jour. S'ils savaient...
Mais écoutez, Marcelle. A Paris, où je vais malgré
moi, vous ne craindrez point de m'écrire et j'accourrai.
Eh bien?...

La main de Marcelle venait de s'échapper de la
sienne.

— Vous ne pouvez partir avant demain, lui dit-
elle, car il faut au moins que vous voyiez le tombeau
de votre père. Venez donc, mon cousin, je vais vous
conduire à votre chambre.

Il sortit derrière elle et la suivit en silence dans le
long corridor qui traversait tout le premier étage de
la maison. Marcelle s'arrêta devant la dernière porte

et l'ouvrit; mais Jacques ne se hâtait point d'entrer.

— Une dernière fois, ma cousine, dit-il, voulez-vous me prendre à votre service?

Marcelle le regarda d'un œil sec et ne répondit pas.

— Que vous importe un valet ou un autre! reprit-il durement. Pour moi, je payerais ainsi ma dette.

— Soit, interrompit Marcelle d'une voix ferme; puisque votre orgueil le veut, j'y consens.

Au lieu de retourner dans la chambre de son père, ou de gagner la sienne, Marcelle redescendit à l'étage inférieur de la maison. On aurait dit d'une ruche essaimant dans la grande salle où tous les gens de la ferme étaient restés. Mais à leur grand déplaisir, la *Bourgeoise* ne fit que passer; elle avait besoin d'air et d'action; elle sortit et se promena longtemps dans la cour. Cette nuit lourde et noire lui paraissait presque belle. Lorsqu'elle rentra, la salle enfin était déserte; la lampe de cuivre, accrochée au manteau de la cheminée, ne jetait plus qu'une lueur défaillante. Marcelle s'aperçut pourtant que la carabine de Jacques était demeurée sur la table ; elle la prit, l'examina curieusement, et l'emporta dans sa chambre.

IV

Tout le monde dormait à la ferme lorsque Jacques sortit de sa chambre. Il traversa la grande cour, et, trouvant la porte close, il prit résolûment le même chemin que la veille, franchit de nouveau la haie de troënes et de pruneliers qui défendait le jardin du côté du bois, et gagna la route cavalière qui conduisait vers la ville. L'aube qui éclairait déjà la cime du coteau glissait lentement le long de la pente sur laquelle la Grange-Dame-Rose est assise ; la brume s'empourprait dans les clairières, mais la nuit régnait encore sous la futaie. Jacques pourtant cheminait d'un pas sûr à travers le sentier si bien connu, et il atteignit la ville en moins d'une heure. Les plus matineux d'entre les marchands, tout en se détirant et en se frottant les yeux, ouvraient leurs boutiques : l'un d'eux pendait aux crochets de son étalage une blouse de toile ; Jacques l'abordant, acheta la blouse, et rebroussa chemin. Sur la lisière du bois, il s'arrêta, dépouilla sa vareuse, et revêtit la blouse neuve ; puis ses yeux étant retombés sur les haillons qu'il venait de quitter, il foula aux pieds cette sordide livrée de la misère et la poussa dans le fossé.

La matinée était joyeuse et sereine ; le soleil montait rapidement, non ce soleil morne du désert dont le ressouvenir eût accablé Jacques, mais ce frais soleil des printemps d'Europe, aux clartés molles et légères qui rient sous les feuilles et se mirent dans l'herbe mouillée. L'ancien aventurier arrivait à un carrefour auquel aboutissaient de larges avenues dont l'une descendait doucement vers un long rideau de peupliers qui, de ce côté, fermait l'horizon. Le peuplier, ce palmier de l'Europe, rappelle l'arbre des tropiques par sa grâce altière ; mais, loin d'aimer comme

lui les lieux arides, il est le roi de la nature verte et
le compagnon des belles eaux. Jacques suivit l'avenue, atteignit le rideau tentateur, et se trouva sur le
bord d'un étang. Là il s'assit, les pieds dans les ro-
seaux, contemplant l'eau tranquille et la riche feuil-
lée qui lui servait de cadre. Une sarcelle posée parmi
des joncs prit son vol à l'autre bout de l'étang: par
un mouvement irréfléchi, Jacques chercha sa carabine, puis s'arrêta, se souvenant tout à coup que la
veille il l'avait oubliée dans la salle basse de la ferme.
Mais comme il levait les yeux, il aperçut à deux pas
de lui un homme, vêtu d'une sorte d'uniforme vert,
qui portait au côté un couteau de chasse et sur l'épaule
un fusil; c'était un garde forestier qui l'observait.
Jacques ne put s'empêcher de sourire en songeant
que son premier pas dans le pays et dans sa vie nouvelle avait failli être une infraction à la loi, cette chose
de France dont le hasard mettait tout à coup le représentant sur sa route: il s'éloigna. Mais à mesure qu'il
avançait vers la Grange-Dame-Rose, son front et sa

pensée se rembrunissaient: cette rapide ouverture de
cœur, qu'avaient amenée en lui les aspects printa-
niers de la terre natale, se refermait peu à peu; il revint à songer aux jours nouveaux qui l'attendaient,
et ce qui lui semblait encore un rêve, il se prit à le
regretter comme une lâcheté.

Non, il était impossible qu'en acceptant sa proposition de la servir, Marcelle n'eût pas fait de réserve.
Qu'espérait-elle? à quoi voulait-elle le réduire? à accepter ses bienfaits en lassant sa résistance. Mais peut-
être avait-elle pensé que cette résistance était feinte !...
Ce soupçon ne fut qu'un éclair: mais à la lueur sinistre qu'il jeta dans son esprit, Jacques crut entrevoir
le honteux avenir qu'allait lui faire sa faiblesse. Sa
cousine ne saurait jamais se résoudre à accepter de
lui le travail d'un valet: « Son orgueil de femme, se
disait-il, un orgueil d'enfant, se révoltera. » Marcelle
le trompait, elle ne voulait pas que son cousin, un
Bongenoux, le dernier homme d'une race opulente et
probe, pût passer pour être réduit à la condition d'un

manouvrier ; mais elle voulait bien que, vivant des
aumônes d'une femme, il passât pour un vil mendiant.
Que lui restait-il donc à faire? à rompre un marché
dont aucune charge ne serait pour lui et à reprendre
son bâton de voyage en jetant un défi de plus à la
destinée. Jacques s'examina : en ce moment il regrettait ses haillons.

C'en était donc fait pour jamais de l'effroyable vie
que durant cinq ans il avait menée au bord des torrents qui charrient les parcelles d'or, parmi les mor-
nes qui recèlent les filons dans leurs fissures, errant
comme une bête de proie dans le désert, dormant
l'arme au poing sous un rocher. Qui lui aurait dit
qu'il en viendrait sitôt à regretter sa misère, quand,
la veille encore, tout ce qui lui rappelait ce temps
maudit le remplissait de remords et de rage? Mais du
moins il était libre. Les compagnons qu'il méprisait,
qu'il avait quittés en ennemis, ne leur laissant pour
adieu que l'injure, revenaient un à un lui demander
une place dans sa mémoire : il ne chercha pas à les

suivre, par la pensée, dans les chemins inconnus de leur nouvelle existence, mais il se remit à marcher avec eux dans les rudes sentiers d'autrefois. Une même passion les poussait tous en ce temps-là; ils s'exhortaient les uns les autres à la patience, aiguisant jusqu'au bout leur espoir, trompant leur fatigue et domptant leur faim. Le vieux Simon avait donc raison de dire, qu'une si longue communauté de souffrances avait mis entre eux tous un funeste lien.

Peu à peu cette cruelle rêverie s'empara de Jacques si fortement qu'il s'arrêta de nouveau, appuyé contre un arbre et fermant les yeux pour mieux regarder dans le passé. Le souvenir l'enveloppait comme ces tourbillons qui saisissent une barque imprudente et la font tournoyer au-dessus du gouffre qui va se refermer sur elle; mais tout à coup il tressaillit, ses genoux fléchirent, car une horrible image venait de se dresser devant lui. Il se voyait au fond d'une gorge, travaillant depuis le matin, sous le soleil implacable, au milieu de ses associés. Là, comme partout, grâce à sa force et à son courage, il était le roi, et son butin, qu'il venait de compter, était plus riche que celui d'aucun des siens. Là nuit tomba, une nuit des tropiques, rapide et sans crépuscule, et Jacques s'éveillait avec le jour... Sa besace, chargée d'or, n'était plus auprès de lui. D'un regard terrible, il interrogeait ses compagnons : l'un d'eux manquait dans la troupe, le plus hardi, le seul qui eût jamais osé lui résister en face, Jean Laigue, le cousin de Bertrand, et Jacques saisissait sa carabine et s'élançait sur la pointe des rocs ; puis, une heure après, il revenait, et ses compagnons l'accueillaient le front bas, dans un morne silence... Jean Laigue, depuis lors, n'avait pas reparu.

— Jacques fit un effort désespéré pour échapper à cette épouvantable vision ; il reprit à grands pas le chemin de la Grange-Dame-Rose. Marcelle l'attendait dans l'avenue de pommiers, devant la ferme ; elle accourut au devant de lui.

— Je vous croyais parti, mon cousin, lui dit-elle.

— Non, répliqua-t-il d'une voix rude, notre marché

tient toujours. Voyez, ajouta-t-il en montrant sa blouse, j'ai pris l'habit de l'ouvrier.

— Jacques, dit Marcelle avec force, que vous avez raison de me rappeler ce marché-là! J'aurais aimé, pour ma part, à l'oublier : mais, je ne dois pas me plaindre. La tâche que j'avais entreprise était trop lourde pour une femme, et c'est Dieu, sans doute, qui vous envoie à mon secours. Ah! j'ai du courage aujourd'hui, je vous parlerai bien plus haut qu'hier et plus librement. Si j'ai accepté votre proposition, sachez-le, mon cousin, c'est en gardant le droit de l'interpréter. Ne m'interrogez pas. Votre orgueil serait trop content de ce nom de valet que vous faites sonner si fort : décidément je vous le refuse. Vous ne pouvez pas me servir, ajouta-t-elle en appuyant sur ce dernier mot. Non, Jacques, vous *m'aiderez*.

Mais il ne répliqua pas.

— Je vous remercie de ne point me répondre, s'écria la jeune femme. Donc, vous consentez. Oui, vous m'obéirez; il faut que vous m'obéissiez, continua-t-elle en souriant, ne serait-ce que pour devenir meilleur. Mais j'entends que, excepté moi, tout le monde ici soit sous vos ordres. Vous vous fâchez encore; vous allez me menacer de partir. Non, Jacques, je n'y croirai plus. Cela est beau de ne vouloir rien prendre de ma main ; cela serait mal ét presque lâche de m'abandonner à présent, quand vous connaissez ma triste vie. Allons, vous restez. Et maintenant regardez devant la porte de la ferme. N'y voyez-vous pas la carriole attelée? Voilà pourquoi je vous attendais, mon cousin. Nous allons visiter notre... le bien de nos deux pères, reprit-elle vivement.

Comme elle le précédait, elle se retourna pour voir s'il se décidait à la suivre. Tout bas, elle tremblait que l'air d'autorité qu'elle essayait de prendre vis-à-vis de lui ne demeurât inutile, et qu'il ne se mît encore une fois en révolte. Mais Jacques vint s'asseoir auprès d'elle dans la carriole ; elle lui tendit le fouet et les guides.

— Nous allons à Bel-et-Bas, lui dit-elle.

4*

Ce nom seul devait brusquement réveiller Jacques
de la torpeur où il paraissait être retombé; mais il ne
l'entendit pas. Machinalement il fouetta le cheval,
qui descendit au galop la pente de la colline, et qui
là, ne se sentant plus dirigé, s'arrêta en face de deux
routes qui s'ouvraient devant lui. Marcelle, appuyant
doucement la main sur celle de son cousin, tira la
bride à gauche et la carriole s'engagea dans celui des
deux chemins qui conduisait au fond de la vallée;
Jacques ne regardait pas sa cousine. Il semblait agiter en lui de si lourdes pensées, que la jeune fille se
sentit encore une violente envie de l'en distraire;
mais elle réfléchit qu'elle avait assez osé pour un jour
et garda le silence. La carriole avançait rapidement;
le paysage à l'entour se transformait peu à peu; plus
de blés ni de cultures, mais des prairies; plus de pommiers en fleurs, mais des saules baignant leurs branches paresseuses dans l'eau qui jaillissait de toutes
parts du sol détrempé. La route longeait de grandes
nappes vertes parsemées de flaques et d'îlots de joncs;

un large ruisseau la traversait, courant entre des
rives plates et limoneuses; puis il disparaissait sous
un épais bouquet de frênes entre lesquels on apercevait une longue suite de constructions d'une blan-
cheur éclatante, dont les cheminées portaient encore
le drapeau qui signale dans toutes les campagnes les
maisons récemment bâties. Jacques avait relevé la
tête : ses yeux cherchaient à percer les branchages;
il laissa de nouveau tomber les guides.

— C'est là, s'écria-t-il enfin; c'est bien là! Vous avez
rebâti Bel-et-Bas, ma cousine?

— Oui, lui dit-elle en hésitant. Oui, Jacques; vous
n'y trouverez guère de mauvais souvenirs. Il n'y
reste rien de ce que vous avez connu...

Jacques poussa si vigoureusement le cheval, qu'en
quelques minutes on atteignit Bel-et-Bas. Il sauta à
bas de la carriole, n'oubliant point cette fois d'offrir
la main à Marcelle; mais comme elle ne se hâtait pas
de descendre, il l'enleva dans ses bras et la mit à
terre; puis, la quittant aussitôt, il fit en courant le

tour de la ferme, examinant tout avidement, et ne
s'arrêta qu'à la place qu'occupait autrefois l'antique
logis de Julien Bongenoux. Là s'élevait à présent une
riante maisonnette, et, comme l'avait dit Marcelle, il
n'y restait plus rien du passé. Jacques laissa échapper
un profond soupir. Ces murs n'étaient pas ceux qui
avaient entendu son père le maudire ; ce n'était pas
dans ces chambres que, durant deux ans, il avait pro-
mené son rêve impie et ses projets de fuite ; cette porte
n'était pas celle qu'en s'éloignant il croyait avoir à
jamais refermée sur lui. Autant de muets témoins de
sa faute qui ne parleraient plus, autant de choses
mortes, autant de souvenirs anéantis, dont la des-
truction même allégeait son cœur ! Sa cousine n'avait
fait à Bel-et-Bas que ce qu'il eût voulu faire lui-même,
s'il était rentré en maître dans son héritage. Le soupçon ne lui vint point que la jeune femme n'avait re-
construit la ferme que parce qu'elle tombait en ruine ;
il n'entrevit dans cette action singulière qu'une seule
pensée qui se rapportait à lui. Il rejoignit Marcelle.

— Ma cousine, lui demanda-t-il d'une voix altérée,
est-ce bien vous qui avez eu l'idée de raser ces vieux
murs?...

Il s'interrompit en la voyant rougir.

— Mon père y avait peut-être songé, balbutia-t-elle.
Cependant... Oui, reprit-elle honteuse de toujours
mentir; hé bien! oui, c'est moi. Je voulais vous
rendre une maison neuve.

Mais Jacques avait eu le temps de réfléchir.

— Voilà donc qui est à ajouter à ma dette, dit-il.
Vous avez bien fait de m'amener ici.

Ce n'était pas que Marcelle se flattât d'apprivoiser
du premier coup ce lion du désert, qu'une parole caressante faisait rugir. Elle comprenait bien qu'il fallait armer son cœur de patience, et chacune des
duretés de son cousin la révoltait moins qu'elle ne la
désespérait. Mais ce rôle menteur qu'elle jouait depuis
le matin allait promptement épuiser ses forces; elle
les réunit une dernière fois.

— Si je vous ai amené ici, mon cousin, dit-elle, en

retenant ses larmes, c'était pour vous mettre à même d'exécuter notre... notre marché, puisque ce mot vous plaît. Ne fallait-il pas visiter le bien que vous allez régir? Et, sans attendre sa réponse, elle le quitta brusquement.

A Bel-et-Bas comme à la Grange-Dame-Rose, il ne restait plus un seul des vieux serviteurs qui naguère avaient connu Jacques: mais aucun des nouveaux venus n'ignorait l'histoire du fils maudit. Jacques frémit: en se retournant il venait de les voir tous rangés autour de lui, l'examinant sournoisement. Il se demanda s'il ne pourrait partout et toujours éveiller sur son passage que la défiance et la peur, et ces plates figures qui l'entouraient rallumèrent en lui l'une de ces colères insensées qui avaient tant de fois bouleversé sa vie. Il chercha Marcelle, et ne l'apercevant plus, il oublia tout et sortit de la cour. Ce ne fut qu'une heure après que la jeune femme le retrouva sous les frênes. Il vint à elle.

— Vous m'avez attendu, lui dit-il. Ah! je fais un étrange valet!

Marcelle se garda de répondre, car elle savait trop bien pourquoi son cousin avait si brusquement quitté la ferme, et ce triste voyage était loin d'avoir produit les résultats qu'elle en espérait : Jacques était incorrigible. La jeune femme n'eut point le courage de remonter à côté de lui dans la carriole ; elle crut, à la faveur d'une marche rapide, vaincre ou du moins cacher ce qui se passait en elle, et tous deux revinrent à pied vers la Grange-Dame-Rose. Il était midi ; la lumière ruisselait à larges flots sur ces riches campagnes ; la brise chaude s'attiédissait en passant sur les bois : les blés verts s'emplissaient de chansons, et Marcelle à chaque pas se sentait le cœur plus serré. L'étroit sentier qu'elle suivait avec Jacques arrivait, à travers les pièces, au faîte du coteau en regard duquel la Grange-Dame-Rose était assise, sur le plateau le plus élevé du pays. Marcelle se repentit d'avoir choisi cette route, en apercevant au pied de la colline une autre ferme qu'elle ne connaissait que trop bien : c'était la Louvette, le bien des Magloire près duquel elle

ne passait plus. La Louvette cependant paraissait close :
Marcelle consulta des yeux le pâtis qui s'étendait devant les bâtiments ; il était désert. Ne voulant point
avouer à Jacques la cause de son hésitation, elle se
remit en marche et descendit bravement le versant de
la colline. Comme elle traversait le pâtis, Pierre Magloire apparut à la porte de la ferme.

Le roi des fins galants du Josas se trouvait ce jour-
là d'humeur fort gaillarde. En reconnaissant Marcelle, il crut enfin voir venir à lui les deux domaines
de la Grange-Dame-Rose et de Bel-et-Bas, et ce fut
sans doute pour les attirer plus vite qu'il alla se pos-
ter au milieu du chemin et se mit à siffler. La Grande-
Dame-Rose, il est vrai, n'était pas seule ; un valet de
ferme, apparemment, l'accompagnait ! Mais Pierre
Magloire, fils d'un maître et maître lui-même, n'avait
point peur des valets et ne se sentait que plus excité
à quelque galante prouesse, puisqu'enfin tout ce qu'il
allait dire et faire allait avoir un témoin. Marcelle
s'était arrêtée ; il prit donc le parti de marcher vers

elle, la tête haute, avec un sourire vainqueur aux lèvres. Mais un éblouissement tout à coup lui passa sur les yeux : ce n'était plus Marcelle qu'il voyait.

Ce terrible athlète qui le regardait en face et semblait ramasser ses membres énormes comme pour s'élancer sur lui, il ne le reconnaissait que trop bien : c'était Jacques le Californien, Jacques le maudit. Marcelle saisit son cousin par le bras, et le retint un instant. Magloire cependant ne voulait point rentrer à reculons jusque dans la ferme ; mais il décrivit un cercle rapide et gagna le bout du pâtis. Jacques se laissa entraîner par la jeune femme.

— Pourquoi m'avoir arrêté, s'écria-t-il, quand j'allais le punir ? Il est de ceux qui vous ont insultée, et il vous insultait encore. Ce complot formé contre vous, c'était lui qui le dirigeait, n'en doutez pas, ma cousine.

Quoiqu'elle fût à peine remise de son émotion, Marcelle trouva, pour le remercier, un regard bien ferme et bien doux. S'il lui montrait parfois de la dureté, il

5

mettait, du moins, toute son âme sauvage à la défendre. Et comme il avait bien deviné dans Magloire le
plus méchant de ses ennemis !

— Non, répliqua-t-elle, non, mon cousin, je ne
crois point que ce soit lui.

— Je le haïssais autrefois, quand nous étions enfants, reprit-il d'une voix sourde.

— Et maintenant? dit Marcelle avec un sourire.

— Maintenant, je hais tous les hommes.

Mais ce mot fut comme un dernier éclat de l'orage
qui grondait en lui depuis le matin. Rentré à la
Grange-Dame-Rose, il se laissa conduire par Marcelle
dans l'intérieur de la ferme, qu'ils visitèrent tous deux
pied à pied, car il n'opposait plus rien aux projets de
sa cousine. Lorsque Marcelle, enhardie, lui peignit la
joie qu'elle ressentait à se décharger sur lui de tant
de soucis, trop lourds pour elle, il ne songea pas à
l'interrompre. Là, comme à Bel-et-Bas, les serviteurs
pourtant suivaient le moindre geste de ce maître terrible que la *demoiselle* allait leur donner; mais s'il

rencontrait leurs regards mal assurés, il se contentait
d'y répondre par un froid sourire. La nuit revint :
après le souper, Jacques et Marcelle demeurèrent
seuls dans la salle basse, devant l'âtre immense, où
la flamme expirait en gémissant sur les tisons à demi
consumés. Marcelle depuis longtemps était muette.

— La Grange-Dame-Rose est bien vieille et bien
triste, dit-elle en relevant la tête. Peut-être Bel-et-Bas
vous plairait-il mieux, mon cousin?

— Non, répliqua Jacques; non, on dirait que vous
me l'avez rendu.

La jeune femme n'insista point, car elle ne parlait
ainsi que poussée par un vague sentiment de pudeur
ou plutôt de crainte. Elle venait, pour la première fois,
de songer aux bruits injurieux qui allaient courir
dans le Josas, lorsqu'on y apprendrait que le fils maudit habitait sous le même toit qu'elle. Si ces calomnies
arrivaient jusqu'à son cousin, peut-être voudrait-il
encore s'éloigner pour l'en garantir! Mais non, Jacques, au contraire, tiendrait à honneur de lui faire

oublier cette nouvelle persécution par le témoignage
d'une amitié plus inébranlable et plus vive. Et puis,
n'était-elle pas bien sûre désormais de le retenir auprès d'elle !

Cette dernière pensée fit doucement monter jusqu'à
ses lèvres le sourire intérieur qui l'éclairait peu à
peu, depuis un instant que, voyant Jacques plus pa-
tient et plus calme, elle commençait à le croire désarmé. Une paix de quelques heures, dans cette âme
effrénée, devait passer pour un signe de conversion :
décidément elle l'emportait.

Jacques, cependant, à quoi pensait-il ?

Il se leva et se mit à parcourir la chambre des
yeux, comme s'il y cherchait quelque objet égaré.

— Ne cherchez point votre carabine, lui dit-elle,
je l'ai emportée chez moi.

— Chez vous ? s'écria Jacques. Vous me la ren-
drez, Marcelle. Oui, reprit-il avec un sourire forcé, il
faudra que vous me la rendiez. Elle vous porterait
malheur.

— C'était votre compagne de voyage, reprit Marcelle, elle me racontera votre histoire, que vous me cachez....

— C'était une mauvaise conseillère, interrompit-il. Si je vous disais qu'elle a répandu le sang, vous la rejetteriez loin de vous.

Marcelle tressaillit.

— Je ne sais si elle a répandu le sang, dit-elle ; mais ce que je sais bien, Jacques, c'est que vous ne la verrez plus. Je la garde.

V

Le bourg de Prunay-en-Josas, qui a rang de capitale dans le pays, possédait alors une église neuve dont la foule des dévots n'usait point les dalles. Dans ces belles campagnes de l'Ile-de-France où la terre

est toujours riante et le ciel souvent morose, les hommes ont sans doute au fond du cœur bien plus d'amour
pour la terre que pour le ciel. L'irréligion est ainsi
passée en règle parmi ces populations qui n'ont gardé
de leurs anciennes mœurs rustiques que l'astuce et
n'ont pris des mœurs de Paris que la haine de tous
les jougs. Mais il faut bien avouer qu'il n'y a point
en France d'âmes moins françaises. C'est une race
lourde qui en toutes choses ne saisit promptement
que l'intérêt, et dont toutes les passions sont bourgeoises. L'incrédulité d'un fermier du Josas est justement celle de Prudhomme : un prélat pour lui, ce
n'est qu'un riche, un heureux du monde qui a *cent
francs à manger par jour ;* le prêtre, c'est l'ancien
bénéficiaire à qui l'on payait la dîme, l'homme fin qui
vit grassement et ne travaille pas. Comme la religion
tout entière n'est qu'une ingénieuse leçon que chaque
évêque depuis deux mille ans fait apprendre par cœur
à ses curés, que chaque curé débite à ses ouailles,
et qui n'a d'autre but que d'extorquer de l'argent

aux simples, il faut bien se garder d'en croire un mot. Telle est *la manière de penser* des gens éclairés dans le canton.

Voilà donc pourquoi, le dimanche qui suivit le retour de Jacques à la Grange-Dame-Rose, le bedeau de l'église de Prunay, tandis qu'il sonnait la messe, ayant tout à coup jeté les yeux par le portail entr'ouvert, éprouva une si grande surprise qu'il en demeura bouche béante, et que sa main, oubliant de tirer la cloche, la cloche s'arrêta. Une affluence extraordinaire se pressait sous les jeunes tilleuls qui ombrageaient la petite place; quelques personnes se rangeaient déjà sous le porche, d'autres étaient entrées jusque dans l'église. Le bedeau jeta la corde à son fils, un apprenti sonneur de dix ans, qui s'y pendit avec ivresse, et tandis que dans sa cage de pierre la cloche recommençait à gémir, il traversa l'église, entra dans la sacristie comme un tourbillon et cria de loin au curé : « Il y aura du monde à la messe! »

Qui pouvait amener ce dévot concours sur la place

et dans l'église? Ce jour n'était pas une de ces fêtes carillonnées où les demoiselles du Josas, ayant une robe neuve, ne manquent point de venir aux offices pour y faire étalage de leur piété. C'était un simple dimanche, et, d'ordinaire, sans la présence de quelques vieillards et de Marcelle Bongenoux, la seule personne de marque dans toute la paroisse qui fût pieuse, le service divin et le sermon se seraient passés dans le désert. Le bedeau vint donc se remettre aux aguets, mais lorsque la carriole de la Grange-Dame-Rose arriva comme de coutume à l'extrémité de la place, il vit la foule s'agiter, se pousser en avant, puis en arrière ; ce fut un mouvement de flux et reflux : ceux qui étaient entrés dans l'église, ne trouvèrent rien de mieux que d'en sortir. La carriole arrivait sous les tilleuls : Marcelle en descendit, appuyée sur le bras de son cousin, qui la conduisit jusque sous le porche.

Ceux même qui n'avaient point connu le fils maudit, voulurent le reconnaître, et le bedeau s'éloigna en joignant les mains et en murmurant : « C'est pour le voir qu'ils sont venus. »

Jacques, cependant, n'était pas entré dans l'église. Un mur se dressait devant lui, puis une porte haute et sombre, surmontée d'une croix : c'était le cimetière ; le fils maudit y pénétra. Aussitôt un nouveau mouvement se fit sur la place ; les femmes avaient suivi Marcelle ; groupés sur le redoutable seuil que Jacques venait de franchir, les hommes le regardèrent s'engager d'un pas incertain dans les sentiers herbus qui couraient au milieu des tombes fraîches et cachaient les tombes oubliées. Entre les curieux établis sous le porche, à l'avant-garde, et les curieux obstinés de la place, un système ingénieux de signaux ne tarda pas à s'établir, en sorte que les uns et les autres purent commenter tout à leur aise l'attitude des deux jeunes gens.

La grande dame rose, à genoux, priait ou plutôt s'efforçait de prier. Que faisait Jacques au dehors ? Peut-être ne les voit-il pas, se disait-elle. Entouré

5*

d'ennemis, il pouvait en effet passer indifférent au milieu d'eux. Mais les cruels propos qui ne manqueraient pas de s'élever sur son passage pouvaient aussi le réveiller, et il était seul ; elle n'aurait pas le temps de courir à lui et d'arrêter sa colère. C'était de son plein gré pourtant que, le matin, il l'avait accompagnée ; pourquoi, pendant la durée de l'office, s'éloignait-il d'elle ? La messe s'avançait ; les chants retentissaient plus solennels sous la sainte voûte, étonnée d'abriter ce jour-là tant d'âmes ferventes. Marcelle retournant à demi la tête, essaya d'interroger le bas de la nef ; elle sentit tant de regards peser sur le sien qu'elle le ramena en rougissant vers l'autel. Mais il était au-dessus de ses forces d'y ramener en même temps sa pensée ; son livre d'heures s'échappa de ses mains.

Jacques avait marché jusqu'au fond du petit cimetière. Là, sous un bouquet de jeunes mélèzes qui penchaient tout à l'entour leurs rameaux éplorés, il aperçut deux croix de pierre que le temps et la pluie n'avaient encore pu noircir. Des coûronnes fanées et des immortelles étaient suspendues à toutes deux ; il fit un pas, et sur la plus neuve il lut le nom de Marcel Bongenoux ; il ne voulut pas regarder la seconde ! A ce moment, le chant de l'*Agnus Dei* s'éleva dans l'église ; Jacques le reconnut et sentit vibrer dans son cœur ces paroles simples et sublimes, qui respirent toute la foi chrétienne. Une larme, la seule qu'il eût versée depuis dix ans, tomba malgré lui sur sa joue puissante, et il étendit la main vers cette croix sur laquelle il n'osait encore fixer les yeux. Le chant avait cessé. La rumeur des cent espions qui, de la place, examinaient Jacques Bongenoux, n'arrivait point jusqu'à lui ; il n'entendait plus que le vent qui passait en gémissant dans les mélèzes et lui rapportait comme un murmure de la voix de son père mourant. Peu à peu, il avait entouré la croix de ses bras et contemplait d'en haut la terre froide qui renfermait ces débris sacrés.

— Jacques, lui dit Marcelle, il faut partir.

A la sortie de la messe, ne le voyant pas sur la place, devinant quel funeste attrait avait pu le conduire au cimetière, elle avait osé traverser, pour venir à lui, le groupe menaçant assemblé devant la grande porte. Maintenant, elle le disait bien, il fallait partir; les instants étaient précieux : Magloire était là. Il s'était tu pourtant lorsqu'elle avait passé près de lui ; mais ses compagnons ordinaires, la fleur des pois du Josas, tous éconduits par elle comme leur chef, chuchotaient et ricanaient entre eux, et ce ridicule nom de la grande dame rose était encore venu frapper son oreille. Ces fines moqueries allaient se tourner en insultes : Jacques pouvait les entendre.

— Venez, reprit-elle.

Il ne fit aucune difficulté de la suivre, et ils atteignirent tous deux la porte du cimetière. Les curieux l'avaient désertée l'un après l'autre et s'étaient reformés en haie sur la place. Marcelle s'aperçut pourtant que les dispositions railleuses qu'ils lui montraient un instant auparavant, lorsqu'elle était seule, avaient

un peu changé. Quelques-uns même, les plus pru-
dents, essayèrent d'envoyer au Californien un sourire
de connaissance qui n'arriva point à son adresse. Tout
à coup Marcelle s'arrêta : parmi ceux qui souriaient à
Jacques, elle croyait avoir vu Magloire !

Mais non ! ses yeux la trompaient. Tant de lâcheté
n'était pas possible ! A l'instant de remonter dans la
carriole, quand Jacques avançait déjà la main pour la
soutenir, la jeune femme ne put s'empêcher de se retourner encore, comme elle l'avait fait dans l'église.
Cette fois, c'était bien à elle que s'adressait le sourire de
Magloire ! il n'y avait plus à s'y méprendre. Pendant
une seconde, elle demeura immobile, les yeux fasci-
nés par la surprise et cloués sur le jeune fermier.
Magloire, si court que fût cet espace de temps, n'eut
garde de le perdre. Il ôta son chapeau, ce qui lui
coûtait toujours, et s'inclinant le plus respectueuse-
ment qu'il put, il salua.

C'était un vrai salut de la ville. Quelque méchante
idée se cachait là-dessous ; l'impitoyable Magloire

méditait certainement un nouveau tour de sa façon :
Marcelle y songea tout le jour. Elle avait rapporté
chez elle le pressentiment d'une nouvelle humiliation.
Mais ce n'était qu'un pressentiment. Devait-elle le
confier à Jacques ?

Comment n'eût-elle pas hésité ? Le bonheur n'avait
fait que passer à la Grange-Dame-Rose ; rien, au
fond, n'y était changé depuis le voyage de Bel-et-Bas
et la tranquille soirée qui l'avait suivi. Chaque jour
Marcelle avait espéré de voir tomber enfin ce masque
de plomb que Jacques portait sur le visage ; chaque
jour elle se disait : C'est demain qu'il m'abordera en
souriant et qu'il me tendra la main. Ces paroles
étranges que le même soir il n'avait pu retenir lorsqu'elle s'était emparée de sa carabine, ce demi-aveu
plein de mystère et de menace qui expliquait sa conduite et jetait une lueur sur son passé, loin d'épouvanter la jeune femme, l'avaient remplie d'abord du
plus tendre zèle. Pendant une nuit, elle avait presque
désiré de le voir coupable, afin de lui faire oublier sa

faute. Quelle femme aimante n'a rêvé de racheter une âme?

Mais Jacques décidément ne voulait pas dépouiller le vieil homme; Marcelle commençait à s'interroger avec amertume, car elle voyait le temps s'écouler, et se demandait ce qu'il avait apporté de nouveau entre elle et son cousin. Rien! se disait-elle; et ce mot amer et sourd comme le vide, elle le répétait sans cesse. Rien! Jacques évitait avec soin toutes les occasions de l'affliger, et croyait y réussir; mais il ne lui montrait ni un front plus riant, ni un cœur mieux ouvert. La paix même qui régnait entre eux était un abîme, car elle menaçait d'être éternelle. Dans cette maison qui était la sienne, Jacques voulait rester un étranger.

Voilà pourquoi elle n'osait lui faire part du nouveau sujet d'alarmes que le salut de Magloire et son inexplicable sourire lui avaient donné. Jacques errait dans la cour de la ferme; Marcelle, de sa fenêtre, se mit à le suivre des yeux, et, s'efforçant de raisonner

avec elle-même, se demanda sérieusement ce qu'elle
devait attendre de lui. Certes, si on l'outrageait encore, il ne manquerait point à la défendre, mais avec
sa violence ordinaire, et trop tard peut-être. C'était
un terrible protecteur, ce n'était point un ami. Deux
amis se devinent l'un l'autre, et lorsqu'il faut s'entendre ou se secourir, ils n'ont pas besoin d'une
explication qui coûterait à tous les deux. Jacques ne
savait pas penser, regarder, prévoir pour elle ; il ne
saurait jamais lui épargner l'embarras d'une confidence ; mais peut-être eût-il pu le faire : c'était donc
alors qu'il ne le voulait pas ! Cette dernière pensée ne
fut qu'un éclair, et Marcelle la repoussa de toute sa
force. Elle se mit à rechercher avec une ardeur fébrile, dans le passé, dans le présent, dans les longues
misères de son cousin, dans son orgueil même,
qu'elle ne se sentait point la force de haïr, tout ce qui
pouvait justifier la cruelle réserve qu'il s'obstinait à
garder vis-à vis d'elle. S'il refusait d'entrer en frère
dans son cœur et dans sa vie, qu'elle avait voulu lui

ouvrir, n'était-ce pas par un excès de cette délicatesse
farouche qui n'appartenait qu'à lui? — C'est un sauvage en tout, jusque dans l'amitié, se dit-elle. — Et
ses lèvres voulurent sourire. Puisque Jacques s'était
vaincu jusqu'à accepter de vivre auprès d'elle, ne
pouvait-elle pas tout espérer de la rude bonté de son
cœur et de l'action bienfaisante du temps?

Le temps! toujours le temps! Marcelle se réfugia
dans le fond de sa chambre, afin de ne plus voir son
cousin. Ce visage muré lui causait pour la première
fois bien plus d'impatience que de pitié.

Elle lui en voulait involontairement de n'avoir rien
vu le matin de ce qui se passait sur la place du bourg.
Que n'avait-elle pas fait cependant pour le lui cacher?
Mais aussi pourquoi l'avait-il accompagnée à la
messe? Ce n'était donc que pour obéir à cette loi
qu'il s'était faite d'être exact en tout auprès d'elle.
Mais si pour lui c'était un devoir de la protéger, elle
devait repousser cette humiliante protection. Un
étrange retour de fierté la saisit tout à coup : elle vou-

lut à cet instant se souvenir qu'elle était Bongenoux,
c'est-à-dire une tête fière, intrépide et prompte; et,
le dimanche suivant étant venu, elle partit seule et à
pied pour le bourg. Seule, il lui semblait qu'elle
n'avait rien à craindre. Mais elle n'était pas descen-
due jusque dans le dernier secret de son cœur, et ne
savait pas qu'en croyant faire acte d'orgueil à son
tour, elle ne faisait que tenter une épreuve. L'église
de Prunay était déserte ce jour-là, car personne dans
le Josas ne s'imaginait que la Grande Dame Rose osât
y revenir de sitôt. Marcelle, en rentrant, chercha Jacques et ne le vit point; il n'était pas à la ferme; il ne
s'était pas même aperçu de son absence.

Vers la fin de ce même jour, il vint la trouver dans
sa chambre : c'était la première fois qu'il y entrait. Il
tenait à la main un gros registre; il l'ouvrit en s'asseyant auprès d'elle et le lui mit sous les yeux. La
première page seulement en était écrite; c'était un livre de comptes. Marcelle eut un mouvement d'impatience; elle ferma le livre. Jacques, froidement, le

rouvrît. Pour un motif semblable à celui qui l'ame-
nait, les longs discours, en vérité, ne lui coûtaient
plus rien; et Marcelle dut écouter jusqu'au bout
l'odieux détail des dépenses qu'il avait déjà faites pour
son service. Elle savait trop bien qu'il prenait à cœur
les intérêts de sa ferme, plus à cœur cent fois, — elle
était tentée du moins de le penser, — que ceux de sa
personne. Dès l'aube, chaque jour il était debout,
toujours aux champs, l'œil ouvert sur toutes les beso-
gnes, dur et hautain avec les journaliers, mais les entraînant par son exemple, mettant lui-même la main
à l'outil, défiant le soleil et la fatigue. Ce jour-là, lorsqu'il eut achevé de rendre ses comptes à Marcelle, ne
se trouvant plus aucune raison de demeurer près
d'elle, il se leva.

— Eh bien, ma cousine, lui dit-il avec son impitoyable sourire, n'est-il pas vrai que je suis un bon
serviteur ?

Marcelle faillit se trahir par un sanglot. Mais Jacques ne paraissait plus aussi empressé de sortir. Il

s'était mis à examiner cette chambre austère et calme, et, près de la fenêtre, derrière le rideau de calicot blanc à franges antiques, il aperçut sa carabine. Machinalement il alla la prendre.

— Depuis que vous m'avez confié cette mauvaise conseillère, s'écria Marcelle, vous n'êtes pas devenu meilleur. Voulez-vous que je vous la rende ?

A peine avait-elle laissé échapper ce cri du fond de son cœur, qu'elle aurait voulu s'enfuir. Jacques se retira, mais avec lenteur et comme à regret : il n'emportait point sa carabine. Les jours suivants, la jeune femme demeura chez elle, se disant malade, et, loin. de mentir, ne laissant voir encore qu'une partie de la vérité; formant, dans sa solitude, mille projets, dont le plus sage, quoique le plus chimérique, était de ne point revoir son cousin; méditant de lui écrire, de rompre leur *marché* et de l'éloigner de la ferme ; puis, s'abandonnant tout à coup à d'étranges remords pour cette seule idée, et se demandant si c'était bien elle qui songeait à chasser Jacques, elle qui, moins d'un

mois auparavant, le recevait comme un frère. Les partis extrêmes séduisaient toujours cette nature jadis si
simplement ferme. Elle en vint à nourrir l'envie de
mander Jacques, là, dans sa chambre, et d'exiger de
lui une explication. Mais qu'avait-il à lui expliquer ?
Ne se montrait-il pas en effet probe et fidèle, et
s'était-il engagé, dans leur singulier contrat, à rien
de plus qu'à la servir ?

Cent fois, dans ces mortelles journées de doute et
de révolte, la jeune femme se sentit prête à accuser sa
raison, une raison de vieille fille, se disait-elle amèrement, et qui pourtant devait être mûre ! Ses incertitudes navrantes cessèrent enfin devant la nécessité où
elle se trouva de reparaître dans la ferme. Jacques
menait tout à la Grange-Dame-Rose si militairement,
que les valets, accoutumés à de bons loisirs sous les
ordres d'une bourgeoise, et préférant de beaucoup
l'insurrection à cette nouvelle discipline, avaient en
masse, donné *leur compte.* Peu de temps après, Marcelle s'aperçut que les servantes et les vachères cher-

chaient à leur tour un prétexte raisonnable qui leur
permît de suivre les valets. Médée était l'âme de ces
deux complots : la Madeleine s'en alla par malice
pure, la petite Zoé parce qu'elle craignait, en restant,
de *faire parler d'elle*. L'opinion déclarée de tout le
Josas était, en effet, qu'une fille honnête, née de parents à qui elle ressemblait, et qu'elle respectait un
tant soit peu, ne devait plus servir une maîtresse aussi
compromise que l'était la grande dame rose. Cela se
disait dans toutes les fermes, et des bouches compa-
tissantes le répétèrent à Marcelle, qui s'y attendait
depuis longtemps. Mais elle apprit en même temps
qu'elle avait un défenseur, et voilà à quoi elle ne s'é-
tait nullement attendue. Le dimanche même où Jacques l'avait conduite à la messe, Pierre Magloire,
après l'avoir saluée, s'était retourné vers ses camarades qui riaient, jurant qu'il *assommerait* quiconque
dirait du mal d'elle.

VI

Le jeune fermier de la Louvette avait cinq pieds et
sept pouces de haut, presque autant d'envergure, car
il était bien proportionné. Son allure était celle d'un
homme sûr de lui ; il se dandinait en marchant comme
une cloche qui tinte, et personne en parlant ne faisait
plus de bruit. Mais, bien que les premières du pays
et sans conteste, les grâces de son esprit et de sa tournure n'étaient rien auprès de celles de son visage,
qui rappelait les brigands de cire des musées ambu-
lants qu'on voit dans les foires. Une tête poupine se
mouvait au bout de son grand corps avec une lenteur
fort bien calculée, et la fraîcheur de son teint était si
célèbre que toutes les brunes d'alentour s'en mou-
raient de dépit. Mais la beauté n'est qu'un don trom-
peur, et, d'année en année, ce fameux incarnat se

changeait en pourpre; le pourpre allait même tourner
au violet.

Ces changements indiscrets qui se faisaient depuis
quelque temps dans la plus précieuse partie de sa
personne inquiétaient fort le beau Magloire, parce
qu'ils racontaient trop haut quelle avait été sa vie, et
jamais il ne s'était senti un si grand besoin de la ré-
former, au moins pour les regards du monde. Or,
dans la circonstance qui le pressait, cette ancienne
fraîcheur eût été le meilleur des masques, car elle
aurait dérouté les mauvais propos. Le beau Magloire,
par bonheur, avait encore des yeux superbes, et voilà
ce qui le rassurait, car ces yeux-là n'étaient guère
moins renommés que son teint. Ils avaient la couleur
jaunâtre d'un gâteau de miel, et son regard, qui n'en
sortait qu'à la dérobée, embrassait doucement les
gens; mais lorsqu'on le contrariait, si le contradicteur
était le plus faible, il arrivait souvent qu'ils s'injec-
taient de sang.

Mais ce n'était pas tout, et il s'en fallait bien que

Pierre Magloire n'eût d'autres titres d'honneur que son teint rosé et que ses yeux; il avait aussi sa moustache! il avait le bouquet de barbe qui, sans envahir ses belles joues, lui formait seulement une coquette mentonnière, cachant en partie sa pesante mâchoire, et ses lèvres bleues, qu'il faisait claquer l'une contre l'autre avec un grand bruit, lorsqu'il voulait rire. Nul ne savait si ce rire tapageur était chez lui un signe de joie; il passait sur sa bouche comme la herse sur une terre trop forte, et l'on voyait bien ce qu'il lui coûtait d'efforts. Au reste, si l'admiration que tout le Josas professait pour le jeune fermier de la Louvette était mêlée d'un peu d'envie, elle l'était surtout de beaucoup de défiance, et ce n'était pas sans de bonnes raisons.

Et d'abord, bien que né dans le Josas, Magloire n'y avait au fond qu'un demi-droit de cité. Le grand éclat qu'il avait su s'y acquérir effaçait mal ce premier crime, et tout autre que lui n'aurait point compté dans le patriciat du canton, car il n'était pas issu

6

d'une race de fermiers et n'avait d'autre ancêtre que son père, un nouveau venu. Trente ans auparavant, Magloire le père, arrivant dans le bourg de Prunay en qualité de maître d'école, et trouvant l'héritière de la Louvette orpheline et libre de son bien, avait aussitôt mis en œuvre pour la conquérir et l'épouser les mille et un moyens de séduction que lui fournissait l'étude des belles-lettres, et il y avait réussi comme en se jouant. Rien n'avait manqué au bonheur de son union, pas même le veuvage. Sa femme, au bout de peu d'années, étant morte de chagrin, il avait pris grand soin de lui faire composer une fort belle épitaphe en quatre vers de douze pieds, dont le dernier seulement en avait treize, et, comme de son vivant elle avait poussé la bonté jusqu'à lui donner un fils dont il demeurait le tuteur, il n'avait plus songé qu'à se faire un bon lit pour l'avenir, grâce à cette heureuse tutelle.

Le petit Pierre grandit donc en liberté comme un sauvageon. Lorsqu'il avait eu dix ans passés, son père

avait songé pourtant à le cultiver un peu pour mettre, disait-il, sa conscience en repos; il lui avait donc
appris à lire et à écrire, beaucoup à compter, point
du tout à être honnête homme, car il pensait que ce
dernier enseignement ressortait fort suffisamment de
son exemple. L'enfant avait sans doute une très-riche
nature, car il n'était pas un mauvais instinct qui
lui manquât. En ce temps-là, quand il avait commis quelque méfait, son père l'appelait dans sa chambre et prenait sur son bureau une grande règle. C'é-
tait un reste de ses habitudes de pédagogue : si
Pierre avait peur, s'il cachait ses mains derrière son
dos, ou s'il essayait de s'enfuir en criant, son père
remettait en ricanant la règle sur la table et le ramenait devant lui. « Magloire, lui disait-il d'une voix
emphatique, tu feras ma honte. »

Et, fort content alors de son calembour, il montrait la porte à son fils, qui ne se faisait jamais prier
deux fois pour sortir; puis il retournait au grand-livre,
où, jour par jour, il arrangeait proprement le compte

ingénieux qu'il tenait à honneur de lui présenter en
bel ordre, quand sa tutelle aurait cessé.

Cet instant solennel enfin était arrivé. Mais Magloire le père avait mis tant de plumes dans son lit
depuis dix ans qu'il n'aspirait plus en vérité qu'à y
bien dormir, offrant même de le transporter ailleurs,
si son fils jugeait qu'il tenait trop de place à la ferme.
On savait partout que le vieux renard venait en secret
de s'acheter une maison ; le Josas ouvrait les yeux,
allongeait l'oreille ; qu'allait-il se passer à la Louvette ?
Magloire le fils jugea que le lit de son père pouvait y
rester. Le vieillard montrait tant de bonne grâce à
abdiquer, qu'il n'y avait plus à craindre de sa part
aucun retour d'ambition. Pierre sentait d'ailleurs
tout l'avantage qu'il pouvait tirer d'un père beau par-
leur, qui, désormais son obligé, mettrait toute sa
science et toute sa faconde à excuser ou à parer les
désordres de sa conduite ; et le changement de maître s'était fait sans secousse à la ferme.

Depuis lors, jusqu'à ces jours fameux où le jeune

maître de la Louvette s'était présenté, à son tour, devant Marcelle, huit ans s'étaient écoulés : Pierre Magloire, en agriculture, n'avait été rien moins qu'un novateur. Son naturel envieux et cupide s'accommodant toujours mal de la prospérité de ses voisins, il cherchait à l'éclipser par de continuelles entreprises dont plus d'une avait été malheureuse : il avait acheté force grains qu'il n'avait pu revendre; il avait tenté, par plus d'un marché suspect, de recouvrer clandestinement ce que la fièvre du gain lui avait fait perdre. Des bruits sinistres commençaient à courir sur lui dans le Josas; on y reparlait tout bas du désastre de Julien Bongenoux qui, dans son malheur au moins avait gardé un nom sans tache, et Marcelle n'ignorait pas que de tous ses prétendants, aucun n'aurait plus gagné que Magloire à lui plaire. Malgré sa déconvenue auprès d'elle, Pierre, au fond du cœur, n'avait pas encore abandonné tout espoir : aussi l'avait-on vu sans cesse, depuis trois mois, hésiter entre la paix ou la guerre. Par exemple, c'était lui qui

6*

avait trouvé le cruel sobriquet de la grande dame
rose, et tout le monde, dans le pays, savait pourtant
bien qu'après le refus de Marcelle, il s'était mis au lit
et qu'il avait eu la fièvre. Quelques jours auparavant,
lorsque sur le pâtis de la Louvette il avait cru voir la
grande dame rose venir toute seule au-devant de lui,
sa rage, il est vrai, s'était encore une fois réveillée;
mais le dimanche suivant à Prunay!... Marcelle le
voyait toujours la saluer et lui sourire!

A force de réflexions, elle en vint pourtant à penser que ce salut n'était qu'une bravade. Revenu de la
stupeur que sa première rencontre avec Jacques lui
avait causée, peut-être avait-il voulu prouver, en se
moquant si ouvertement d'elle et de lui, que le Californien ne lui faisait plus peur. Mais, peut-être aussi,
n'y avait-il dans la nouveauté de sa conduite, qu'un
nouveau calcul de dépit et d'insolence! Dressé comme
un jeune renard à toutes les finesses, le fils du maître
d'école était bien capable d'avoir compris que sa grossière protection offenserait plus cruellement la grande

dame rose, que toutes ses attaques, et s'était donné
le plaisir de la défendre contre les propos de ses amis.
Cette seule idée mit la jeune femme hors d'elle; toutes les fois que Pierre l'avait outragée, elle avait res-
senti comme une blessure double, et souvent elle s'é-
tait dit qu'elle pardonnerait de grand cœur à tout le
Josas ses machinations et ses complots, si le fermier
de la Louvette n'en était point l'âme.

Il lui semblait, en effet, que les entreprises de Magloire offensaient surtout son père, tandis que les
lourdes méchancetés de tout le reste du pays ne
s'adressaient bien qu'à elle. De tout temps, Magloire
le père avait été le seul être humain que Marcel Bongenoux fît profession de haïr. S'il avait encore été de
ce monde, lors du carnaval célèbre des prétendants et
des carrioles, il serait mort de colère, rien qu'en
voyant le fils entrer dans sa ferme, car des soixante
querelles qu'un voisinage de trente ans avait engen-
drées entre les Magloire et les Bongenoux, il s'en fallait bien que la dernière fût éteinte. La grande dame

rose se souvenait que son père, en mourant, la lui avait léguée comme le plus précieux de son héritage.

Terrible haine qui datait de loin! C'était vers 1837, vers cet été de la Saint-Martin du libéralisme, dont le Josas et toute la France étaient enflammés depuis sept ans. Bongenoux venait d'être fait maire de Prunay, lorsqu'un jour, le vieux Magloire, passant devant la mairie, s'était avisé de lever les yeux sur la principale fenêtre. Et qu'y vit-il? — Un drapeau blanc! L'ancien maître d'école mit son menton dans sa main; puis, une courte réflexion l'ayant éclairé, il courut chez lui, prit une plume et écrivit au chef-lieu une dénonciation en lettres moulées. Ce fut une grande rumeur à la préfecture. Bongenoux, mandé par une estafette, arriva le lendemain, et croyant qu'en un moment si difficile, il suffisait, pour prouver son innocence, de dire toute la vérité, il démontra tout d'abord et victorieusement que, si son drapeau était blanc, c'était qu'il avait cessé d'être tricolore. Cette première proposition semblant acceptée, il s'empressa de pas-

ser à la seconde et voulut aussi démontrer que, si le
drapeau avait cessé d'être tricolore, il n'en fallait accuser que la pluie qui, sans doute, l'avait fait déteindre. Mais on l'arrêta... Un bon maire doit avoir l'œil
sur la pluie qui fait déteindre les drapeaux : on lui
reprocha d'avoir manqué d'enthousiasme pour les
trois couleurs. Il se débattit, on refusa de le croire ; il
s'oublia et se mit à crier, on le fit taire. Bongenoux
avait sa fierté ; il donna sa démission en reprochant à
son tour au préfet de s'en fier aux délateurs. Quant
au nom de celui qui l'avait dénoncé, il ne le demanda
même pas, ne l'ayant que trop bien deviné.

Jusqu'alors il n'y avait point eu d'année qui se fût
passée entre les deux voisins sans quelque bon procès à la cour ; presque point de semaine où le juge de
paix ne les vît paraître tous deux devant lui, le fermier de la Grange-Dame-Rose s'avançant le front
haut par la grande entrée du prétoire, le fermier de
la Louvette, au contraire, se glissant par la petite
porte, le long des chaises. Mais, à l'ébahissement gé-

néral, après l'histoire du drapeau, Bongenoux prit
un parti bien digne du plus honnête homme de tout
le canton, celui de ne plus opposer à son ennemi que
le mépris et le silence. Il lui arrivait pourtant, lorsqu'on parlait de Magloire, de regarder instinctivement
ses deux poings, dont la tournure ne laissait pas que
d'être encore fort respectable, et de jurer alors que,
s'il était plus jeune, les choses ne se passeraient pas
si doucement. Mais il semblait si bien résigné à la
patience que lui commandait son âge, que Magloire
employa en vain dix années entières à le provoquer
par toutes sortes de vexations et d'entreprises ; le bonhomme ignorait tout, il ne bougeait pas. Les hosti-
lités en restaient là ; mais le pacifique Bongenoux avait
compté sans Pierre Magloire, qui depuis quelque
temps avait pris la ferme. Un beau matin, un des valets de la Grange-Dame-Rose vint en toute hâte quérir son maître qui le suivit. Il n'était plus temps d'hésiter : le jeune Magloire franchissait les bornes !

C'était bien de bornes, en effet, qu'il s'agissait. Le

nouveau fermier de la Louvette prétendait avoir en
main de certains titres qui lui donnaient le droit impertinent de passer par un champ superbe que, cette an-
née-là, son voisin avait fait planter de colza. De traces
de chemin, il n'y en avait plus; mais Magloire se
chargeait de les retrouver, et pour la circonstance il
avait fait faire un superbe chariot tout neuf qui
venait de se mettre en route à travers le champ,
lorsque, escorté des deux messiers de la commune,
flanqué du garde champêtre, et suivi de loin par les
gendarmes, Marcel Bongenoux était arrivé. Force avait
été à Magloire de dételer son cheval; mais il avait refusé d'emmener le chariot, jusqu'à ce que, sur l'examen des titres, la justice eût prononcé. Or, après
trois mois de procédure d'avoué, deux de vacations,
six de remises à quinzaine, la cause vint à son ordre,
et le tribunal nomma des arbitres. Il ne fallut guère
que quatre mois pour les faire tomber d'accord, et
comme l'affaire allait être jugée au fond, les nouvelles
vacations s'ouvrirent.

Magloire, cependant, ne manquait pas un seul
jour d'aller visiter le corps du délit, c'est-à-dire son
chariot qui, resté dans le champ, recevait, pour la
seconde fois, les pluies de l'automne. Dans sa pré-
cipitation à troubler la paix de son voisin, il avait
omis de le faire peindre, et maintenant il jurait à
faire trembler toute la colline contre les juges préva-
ricateurs qui s'avisaient de prendre des vacances une
fois l'an. Mais le tribunal étant rentré voulut véri-
fier les titres, et, la vérification faite, donna raison à
l'emporté Magloire, ce qui, d'ailleurs, n'étonna personne au fond autant que lui-même. Il s'en fallait bien
au reste que le procès fût vidé : Bongenoux avait imprudemment laissé se réchauffer sa haine, et il résolut d'appeler. La nouvelle procédure ne dura que six
mois; mais la cause, en revanche, ne fut évoquée
qu'au bout de neuf, et ce fut Bongenoux qui gagna.
Le chariot menaçait de se disjoindre, une des roues
était par terre; le fermier de la Grange-Dame-Rose,
depuis deux ans, n'osait plus ensemencer sa pièce,

et tout le Josas témoin de ce spectacle en riait aux larmes : mais ni l'une ni l'autre des deux parties ne voulait pourtant se tenir pour battue. Le recours en cassation restait à Magloire, il en avait essayé. Lorsque l'arrêt de la cour suprême, qui cassait, en effet, celui de la cour royale et renvoyait les parties à Orléans, était enfin arrivé l'année suivante, le chariot effondré gisait dans le champ qui n'était plus qu'une friche : le vieux Bongenoux était mort!

Or, si depuis quatre mois Marcelle ne s'était pas désistée, ainsi que le lui avait conseillé Jacques lui-même, c'était par une exagération de ce respect filial qu'elle voulait observer jusque dans les plus petites choses. Le lendemain même de sa rencontre avec Magloire au bourg de Prunay, elle avait appris que le procès serait appelé dans le semestre à la nouvelle cour. — Une semaine après, elle reçut la lettre suivante :

« Mademozèle,

» Cèt iaire que jé évu la nouvel que le prosès pour mon *tonberot* alète hètre finit dans lais jour; qu'il alète hètre jujé par les jujes en rouge d'Orléans; que je croi qu'il ha biain asé du tan que nou diputton pourre quèque perche de terre qui autefoi produizais du bon qui ce vandé gro; et que je viein en faim de conte vouse invité dan démorde. Ma rancune ha tombai, et qu'aile san ét alé pièce à pièce come mon tonberot, mademozèle; carre feu le bourrejoi vot' père me croiai biain plus de visse que je n'an hé jamais évu; et que vous qui aitte sa file, vous ne savé poing que je vouse hait aimé d'hamourg come dan lais livre. Mais vous aitte pairsuadait que biain au contre aire que je vouse an vœu pourre la vie, et que cèt vous qui aitte dans l'aireur; car jé évu mon queur brizai par vau dédin. Ge ne vœu poin vouse en dire plus an outre de sa, mademmozèle, et que je suise à vau piais. Vottre imble sarviteur vous ause prié de

lui raiponde, si vous daignais acepeté la pais de sa
min.

» Pierre MAGLOIRE le fisse. »

Les anciennes leçons du maître d'école avaient
sans doute inspiré cette dernière phrase à Pierre;
mais il s'était affranchi du vain joug de l'orthographe. — La jeune femme demeura d'abord les yeux
fixés sur la trop significative épître, n'ayant encore
lu que le nom qui la terminait. Elle la parcourut
enfin, puis se laissant retomber sur sa chaise, elle
essaya de rappeler ses idées qui s'enfuyaient, comme
une troupe d'oiseaux devant ces spectres rouges
qu'on dresse sur les arbres dans les jardins. Sa première réflexion fut que Magloire était certainement
bien plus près de sa ruine qu'on ne le croyait géné-
ralement dans le canton, car le fond de sa politique
se démêlait aisément. Pour qu'il eût songé à écrire
cette lettre, il fallait que le péril de sa situation
échauffât encore sa cupidité naturelle : la Grange-

Dame-Rose et Bel-et-Bas le tentaient toujours comme les deux seules planches de salut qui lui restaient. — Marcelle, en ce moment, se souvint si peu de sa fierté, de son ressentiment contre Jacques et de son serment de ne plus recourir à lui, qu'elle frémit en songeant tout à coup que, devant un pareil danger, un mois auparavant elle aurait été seule. Sans hésiter une seconde de plus, elle prit le chemin de la grande salle, où, lorsqu'il n'était pas aux champs, Jacques passait quelquefois une partie du jour.

Le dîner des gens de la ferme venait de finir : il n'y avait plus dans la salle d'autre serviteur qu'un vieillard assis, par la force de l'habitude, à l'angle de a cheminée, quoiqu'on fût alors au mois de juin. C'était un personnage pourtant dans la maison, le seul des valets qui ne l'eût point quittée dans la grande insurrection de la précédente semaine, c'était Choblet le berger. Mais la jeune fille ne vit que Jacques qui se tenait debout devant la fenêtre. Le bruit des pas de sa cousine le fit se retourner; il laissa échapper comme un cri, et, ne songeant pas pour cette fois à réprimer son premier mouvement, il courut à elle. Elle était encore sous le coup de l'émotion que cette lettre menaçante lui avait causée ; le ton ordinairement si brun de son visage rendait sa pâleur bien plus frappante, et elle ne marchait que péniblement en s'appuyant sur la grande table qui occupait toute la longueur de la pièce. Jacques lui saisit la main et la trouva glacée.

— Vous êtes malade ? lui demanda-t-il.

Et, si rapidement qu'elle n'eut pas le temps de s'y opposer, il la porta plutôt qu'il ne la conduisit devant la cheminée, où il la força de s'asseoir. Il était tombé le matin un violent orage ; l'air en demeurait humide, il faisait froid. Jacques courut à la fenêtre, la ferma, revint à la cheminée, où il jeta du bois à pleines mains et se baissa pour souffler sur les charbons à demi éteints du foyer ; puis, se relevant, il sembla chercher des yeux dans la chambre, et n'y voyant rien de ce qu'il souhaitait, il dépouilla sa blouse et sa veste

et il en couvrit les épaules de la jeune femme. Ce fut
la robe de Nessus : elle sentit une flamme lui monter
au cœur, et, de pâle qu'elle était, elle devint pourpre.
Mais, quoiqu'elle tînt la tête baissée, il l'avait vue
rougir ; il la quitta brusquement et se rapprocha de
la fenêtre. Au bout d'un instant elle l'entendit qui
sortait.

Certes, c'était regretter bien vite ce premier élan de
fraternelle tendresse auquel il s'était laissé entraîner
lorsqu'il l'avait aperçue chancelante et défaite ; mais
il avait enfin cédé à un mouvement du cœur, sans
essayer même de le combattre, tout était là. Marcelle,
pendant un instant, l'avait revu tel qu'elle le voulait
dans son désir, tel qu'elle l'avait connu autrefois dans
les temps heureux. Il est vrai que, n'étant sortie de
sa chambre et revenue vers lui que pour demander
un secours ou tout au moins un conseil, elle le voyait
lui échapper encore une fois. Mais qu'avait-elle besoin
désormais de lui parler de la lettre de Magloire? Fallait-il donc l'armer avant l'heure, provoquer, par une

confidence inutile, ce cœur mille fois trop enclin déjà
aux excès de la haine? — Quand elle n'était pas sûre
de lui, il fallait le mettre en éveil — mais maintenant
à quoi bon?

Cette incertitude sur ce qu'il lui restait à faire, conduisit naturellement Marcelle à penser que depuis
quelques jours elle avait été bien folle et bien injuste,
bien folle de s'épouvanter si légèrement des petites
embûches de Magloire, dont la lettre ne devait plus
que la faire sourire, bien injuste envers Jacques,
qu'elle jugeait si mal parce qu'elle ne savait pas le
deviner. Pour sa part, il lisait bien mieux sur son
visage. Comme il avait deviné du premier coup qu'elle
souffrait! Elle rejeta avec précaution les vêtements
dont il lui avait enveloppé les épaules et secoua doucement sa rêverie. Comme enfin elle allait se lever,
elle aperçut tout à coup, dans l'ombre, deux yeux ob-
stinément fixés sur les siens. C'étaient ceux du berger,
dont elle n'avait pas même remarqué la présence, et
qui venait d'être le témoin de toute cette scène.

— Oui, dit-il, comme s'il répondait aux pensées de la jeune femme qu'il avait suivies, le bourgeois n'est pas si pire qu'il en a l'air. C'est affaire à vous, mam'-zelle, que de savoir le prendre.

Et sifflant son chien couché sous la table, il voulut s'éloigner. Mais Marcelle, d'abord interdite, le rappela.

— Choblet ! lui dit-elle sévèrement, on pourrait se passer de berger à la ferme pendant cette saison.

Le berger se laissa retomber sur le banc placé devant la table, agita la tête en cadence, et regarda le carreau.

— Bon ! dit-il niaisement en montrant son chien ; il faudrait aussi renvoyer Finaud, une si bonne bête !

— Mais que faisiez-vous là devant moi ? s'écria la jeune femme ; de quel pas êtes-vous donc entré ici, que je ne vous ai pas entendu ?

— Bon ! reprit-il, se gardant bien de relever la tête, j'y étais avant vous et avant le bourgeois aussi. Vous ne m'avez ni vu ni entendu tous les deux, c'est sûr.

Marcelle n'avait plus rien à répondre. Espérant du moins cacher son embarras, elle se mit machinalement à attiser le brasier que Jacques avait allumé pour elle. Choblet sortit.

Ainsi que la plupart des bergers du Josas et d'alentour, Choblet était du Berry; mais son arrivée dans le canton se perdait dans la nuit des temps. Il était long et noueux comme un arbre qu'on vient d'ébrancher pour le rajeunir, et, dans le fait, on ne s'était jamais aperçu qu'il vieillissait, car il vivait si lentement qu'il devait économiser trois mois au moins par année. Personne, au reste, ne connaissait plus mal son âge que lui-même : il ne le comptait que par le nombre de troupeaux qu'il avait gouvernés despotiquement, à la mode turque; mais il y avait de certains troupeaux qu'il avait gouvernés deux ans, et jamais il n'avait fait pour chacun qu'une coche à sa taille. L'avisé Choblet aimait par-dessus tout à ruser soit avec autrui, soit avec lui-même. Il avait baptisé son chien Finaud, parce qu'il lui convenait bien d'avoir

un filleul qui portât ce nom-là, et pourtant la ruse
n'était pas son expression dominante : il avait plutôt
cet air solennel que leurs habitudes solitaires et le
spectacle continuel de la grande nature donnent com-
munément à tous les bergers. Il marchait à petits pas,
parlait lentement comme il vivait ; son front, luisant
comme une plaque d'ivoire jauni, s'enfuyait à travers
une forêt de boucles grises ; son long nez, fortement
busqué, projetait sur tout le reste de son visage une
sorte d'ombrage mystérieux ; sa bouche édentée riait
sans bruit. Il n'y avait de vivant dans sa physionomie
que son petit œil rond et perçant qui se cachait sous
une paupière hypocrite, et qu'il s'étudiait à *enniaiser*
sans y réussir. Cet œil-là voyait tout et ne regardait
rien.

Et voilà pourquoi, lorsqu'il fut sorti de la ferme,
Choblet, marchant sur la lisière du bois, feignit de ne
point avoir aperçu Pierre Magloire assis dans le fourré,
et poursuivit tranquillement son chemin. Mais à peine
avait-il fait quelques pas qu'il se sentit frapper rude-

ment sur l'épaule. C'était le maître de la Louvette;
Choblet se retourna d'un air surpris.

— Eh bien! lui dit Magloire, la bourgeoise a reçu
la lettre?

Mais le vieux berger ne répliqua point sur-le-
champ. Il leva ses petits yeux au ciel et sembla chercher quelque chose au fond de sa mémoire.

— Bon! dit-il enfin. Une lettre! De quelle lettre
parlez-vous donc, monsieur Magloire? Comment voulez-vous que le pauvre Choblet sache ces choses-là?
Des lettres! Pardine, tout le monde en reçoit dans le
Josas, et, en particulier spécialement, ceux qui ont
des parents bien loin d'ici. Mais mam'zelle Bongenoux n'a plus qu'un parent, qui est, ma foi, son germain, son propre germain; et, puisque le voilà revenu
au pays, je ne vois pas bien qui pourrait perdre son
temps à écrire à la bourgeoise... A moins nonobstant
que ce ne soit vous?

Bon! reprit-il en se frappant le front, je me souviens que c'est vous à présent. La bourgeoise pour-

rait bien avoir reçu cette lettre-là tout de même. Mais la vérité vraie, ma fine, c'est que je n'en sais rien.

Pendant ce long discours, le visage rouge de Magloire passait encore une fois au violet.

—Tu le sais! s'écria-t-il. Pas de menteries! Rends-moi mon louis d'or ou parle. Tu m'avais promis de me dire tout ce que tu verrais à la ferme.

— Bon! je vous l'avais promis; c'est sûr, répartit le berger. On promet comme ça, on tient ce qu'on peut quand on est honnête. Vous dire tout ce que je verrai, Jésus! Je ne vois pas grand'chose, monsieur Magloire. La bourgeoise est si cachée!

Le fermier lui saisit le bras et le secoua rudement. Mais Choblet était encore robuste, malgré le grand nombre de troupeaux qu'il avait gouvernés; il se dégagea sans s'émouvoir.

— Ça va donc bien mal? monsieur Magloire, dit-il en regardant pour la première fois le maître galant en face. Il y aura du blé cette année, et personne ni dans le Josas ni ailleurs ne courra le risque de mourir de faim. Méchante affaire pour les fermiers! et en particulier spécialement pour la Louvette. Oh! ça va mal.

Magloire tressaillit.

— Le mieux pour vous, bien sûr, ce serait d'épouser la bourgeoise, reprit tout à coup Choblet. — Ici, Finaud. — Pardine, voilà qui s'appellerait bien employer votre temps! — Il mettait dix secondes au moins entre chacune de ses phrases. Magloire ne se possédait plus.

— C'est un grand malheur que vous ne soyez point à la place de celui que je veux dire, tout de même; un grand malheur, continua le berger. Oh! pour *lui*, sauf vot' respect, c'est une autre paire de' manches. Mais vous, ajouta-t-il en faisant claquer ses doigts, la bourgeoise n'en voudra point.

— Qui l'aura donc? s'écria le fermier; Jacques! un vagabond! un mendiant qu'elle nourrit! Je te dis, moi, qu'il ne l'aura pas.

— Bon! dit Choblet répétant le singulier éloge qu'il aimait à faire de Jacques, il n'est pas si pire qu'il en a l'air. Moi, par exemple, je m'arrange bien avec lui. Il n'y a que les fainéants, pardine, qui ne l'aiment point.

Magloire, les poings serrés, s'éloigna de quelques pas et revint vers son bourreau :

— Vas-tu me dire enfin, lui demanda-t-il d'une voix sourde, si la bourgeoise a reçu ma lettre?

Choblet se mit à rire de son rire muet.

— Ça se pourrait bien, répondit-il.

Et montrant à Magloire les murs de la ferme qu'on voyait à travers le feuillage des arbres, il lui fit signe de s'enfoncer avec lui sous le bois.

VII

Durant la quinzaine suivante, Magloire attendit une réponse à sa lettre, et chaque soir le vit revenir sous le bois. Choblet était là par hasard, assis tranquillement, à côté de Finaud, et du bout de son bâton il remuait les feuilles sèches. Magloire s'élançait vers lui et l'interrogeait; Choblet ne savait rien; Magloire le pressait, il menaçait de battre en retraite; Magloire enfin s'emportait, il se contentait de sourire tout doux à sa rage. Rentré chez lui, le jeune fermier ne pouvait y demeurer en paix; le sang l'étouffait, et son visage poupin, épuisant toutes les couleurs de l'arc-en-ciel, allait passer, décidément, du violet au bleu. — Tout le Josas avait pu voir ce même huissier bien connu qui rôdait autrefois, armé de ses dossiers et de sa mine sinistre, le long des oseraies de Bel-et-Blas, reparaître dans le même attirail de guerre aux environs de la Louvette. Il n'y avait pas de temps à perdre : Pierre parla de récrire à Marcelle.

Ce n'était pas que le berger lui eût conseillé de tenter de nouveau l'entreprise, loin de là; mais il ne lui avait pas conseillé le contraire. Si le jeune maître hésitait un peu, le malin Berrichon ne manquait jamais de le louer bien haut de sa prudence, se réservant de le louer bien plus fort de sa hardiesse dès qu'il le voyait revenir à son projet. Ce serait risquer bien peu, disait-il, que d'envoyer une nouvelle lettre à Marcelle : si elle la recevait, Jacques n'en saurait rien. Là-dessus, si le fermier le regardait de travers, Choblet se retranchait dans son rire sempiternel; ce rire-là avait le glouglou de l'eau qui sort goutte à goutte du col étranglé d'une calebasse. Magloire, bien sûr pourtant de n'avoir jamais dit à personne que le *Californien* lui fît peur, détournait tout à coup les yeux.

Ce n'était pas, du reste, sans de bonnes raisons que Choblet rassurait son nouvel ami contre la terreur se-

crête qui, seule, l'empêchait d'agir. Le profond berger se piquait d'entendre à demi-mot le cœur des
femmes et en particulier celui de sa bourgeoise. Il
pensait que Marcelle ne se résoudrait jamais à faire
part à son cousin des galantes tentatives dont elle était
redevenue l'objet. Tout le temps que Jacques ne lui
avait montré que de l'indifférence, elle s'était tue par
fierté : maintenant, c'était par une autre sorte de
fierté qu'elle devait se taire, ne voulant pas invoquer à
tout propos l'appui de Jacques.

— Vous aurez beau faire, monsieur Magloire, disait-il en souriant toujours, je gage mon bâton contre
votre ferme que vous ne serez point le plus fort. Après
tout, mon bâton est à moi, rien qu'à moi, et il ne doit
rien à personne. La bourgeoise est affolée, je connais
ça. Des yeux qui brillaient comme des vers luisants
dans l'herbe et qui ne *brillent plus qu'en dedans*, je
connais ça, monsieur Magloire, je connais ça. Vous
auriez pourtant fait à vous deux un couple bien tourné.
C'est dommage.

—Pour sûr, elle l'épousera malgré lui, ajoutait-il.
Oh! pour sûr, reprenait-il en sifflant Finaud. Bon!
monsieur Magloire, ce ne sera pas vous qui les empê-
cherez de se marier tous les deux. Mais qui vous dit
après cela que les blés ne vont pas renchérir, et
alors... — Et alors, qu'est-ce que ça vous fait?

C'était le trait de la fin.

Et le berger ne disait pas tout, car il savait bien
que depuis une semaine il y avait autre chose encore.
C'était le soir aussi devant la ferme même, sous
la longue allée de pommiers que les gens du pays
nommaient le *Bloquage*, et précisément à l'heure où
Magloire rejoignait sous le bois son vieux compagnon.
Marcelle sortait de la ferme, errait quelque temps devant les premiers arbres, comme un oiseau voletant
autour du buisson où il vient de cacher son nid; puis
tout à coup, prenant un parti, elle s'avançait d'un pas
plus alerte sous les pommiers. Ce chemin était celui
que Jacques suivait en revenant des champs. Le premier jour, en l'apercevant de loin, la jeune femme

avait pensé qu'elle avait l'air de l'attendre et qu'elle ferait bien de s'en retourner vers la ferme ; mais il y aurait eu de l'affectation à s'enfuir : elle avait préféré rester.

Le lendemain, pourtant, elle s'était contrainte à demeurer dans sa chambre. L'heure vint où Jacques quittait le travail : les yeux fixés sur la pendule dont les aiguilles, au lieu de marcher, lui semblaient se ralentir, Marcelle s'applaudissait d'avoir été si prudente. Mais Jacques, ne la trouvant pas sous les pommiers, allait peut-être tarder de revenir à la Grange-Dame-Rose ! La jeune femme s'approcha rapidement de la porte : 'elle venait d'entendre dans l'escalier un pas lourd qu'elle croyait reconnaître. Ce n'était pas le sien pourtant, et il ne vint pas. Mais, une heure après, en la rencontrant dans la salle basse, il lui demanda pourquoi elle n'avait point fait ce soir-là sa promenade ordinaire. Ordinaire ! c'était bien de ce mot qu'il s'était servi ! Elle ne craignit plus d'aller tous les jours à sa rencontre : il le voulait

Et pourtant lorsque, aux tièdes approches de ces longs crépuscules de juin, elle s'acheminait à ces rendez-vous — c'étaient des rendez-vous désormais — elle ne pouvait se défendre encore d'un peu de trouble et de rancune. A la seule pensée de son cousin, elle s'était toujours senti dans l'âme l'ardente charité des saintes et presque leur humilité; mais elle appelait en vain à son secours leur abnégation sublime. Le souvenir de ce qui s'était passé tout récemment entre eux la frappait toujours au milieu de cette paix nouvelle comme le sourd tressaillement d'une douleur mal éteinte. Jacques venait au devant d'elle : elle le voyait du bout de l'avenue; il l'abordait et souvent ils se séparaient sans qu'elle eût osé le regarder en face. Parfois elle se trouvait presque heureuse de ne pouvoir deviner le bizarre secret de sa conduite. Ce cœur, si sauvagement caché, ressemblait à ces abîmes qu'on ne franchit que sur une planche tremblante, à la condition de fermer les yeux.

Tout ce qu'elle avait tenté de faire pour lui durant

ces deux mois avait été vain : le hasard seul l'avait
bien servie. Jamais l'héroïque effort de sa patience et
de son dévouement n'aurait pu toucher Jacques, et,
un jour, il lui avait suffi d'une seconde de défaillance
et d'un peu de pâleur pour le désarmer, sinon pour le
vaincre. Telle est pourtant la soudaineté de son caractère, se disait-elle en soupirant, ses moindres mou-
vements sont rapides comme la foudre. Les Bongenoux étaient ainsi faits; race étroite et dure, ils ne
voulaient point croire aux douleurs morales, et il fallait autre chose pour les émouvoir : Marcel, ce rude
vieillard, si simple et si bon, n'avait guère pitié que
de la fièvre. Et la jeune femme, tout en marchant au
devant de Jacques, à ces réflexions qui l'assiégeaient
malgré elle, ne manquait jamais d'ajouter celle-ci :
« Lui-même, il a tant souffert ! »

Jacques, d'ailleurs, dans ces promenades toujours
assez courtes, ne se montrait guère moins taciturne
que par le passé. Mais le silence maintenant semblait
être un accord entre elle et lui ; et souvent leurs deux

volontés s'étaient entendues, avant qu'ils ne se fussent
dit un seul mot. Plus d'une fois même, Marcelle crut
s'apercevoir que Jacques épiait ses désirs. Un soir, par
exemple, devinant qu'elle voulait s'éloigner de la
ferme, d'où les journaliers, assis sous la grande porte,
la regardaient trop curieusement, il quitta le *Bloquage*
et prit tout à coup le chemin qui descendait en tournant vers la vallée.

Marcelle, à ce moment, sentit monter au dedans
d'elle comme une joyeuse fumée d'ivresse. Le chemin
que Jacques avait choisi s'engageait au pied de la colline, dans le taillis qui courait au fond de la combe,
puis remontait à mi-côte, et redescendait encore, avec
mille circuits, jusqu'au bord des eaux. S'il le suivait
jusqu'au bout, une heure au moins devait s'écouler
avant qu'on ne rentrât à la ferme. Les ombres s'allon-
geaient rapidement, et Jacques, pour demeurer avec
la jeune femme, oubliait ce soir-là sa visite aux étables
et aux granges, et ses comptes interminables avec les
valets, deux habitudes dont il s'était fait deux devoirs,

depuis qu'il commandait en maître si diligent à la Grange-Dame-Rose. Marcelle se sentit protégée par l'obscurité naissante, et jeta les yeux sur lui ; il la regardait ; jamais expression moins rude n'avait animé ce fauve visage.

Le chemin, par bonheur, devenait trop étroit pour qu'on pût y marcher à deux ; elle fit signe à Jacques de la précéder, et sûr qu'il ne pouvait la voir, elle s'abandonna à son émotion. La nuit, peu à peu, se déroulait à grands plis encore transparents sur la campagne attiédie ; les cimes dentelées des collines et le front des hautes futaies se noyaient au loin dans ces molles clartés ; l'air était pur, les étoiles sereines ; et cependant, au-dessus de la tête des deux promeneurs, une large bande noire traversait les cieux. A l'horizon, vers le sud, se dessinait une nue épaisse, tour à tour sombre et sanglante, et le reflet sinistre d'un éclair arrivait de temps en temps jusque sur le chemin. Marcelle ne put s'empêcher de tressaillir : dans le contraste de cet orage lointain, avec le calme

qui régnait autour de ses pas, elle venait de voir
l'image de sa vie. Les mélancoliques enchantements
de cette nuit d'été la ramenaient lentement à la tristesse ; et il lui sembla que, dans cette excursion silen-
cieuse, tout lui rapportait un souvenir, ou lui devenait un présage. Ce menaçant horizon, c'était peut-
être l'avenir ; le ciel, avec sa limpidité trompeuse,
c'était le présent ; ces chemins verts, qu'enfant elle
avait parcourus tant de fois avec Jacques, c'était le
passé. — Épuisée par tant d'agitations contraires,
elle dit à Jacques qu'elle voulait s'asseoir, et choisit
un tertre de gazon, au pied d'un bouquet d'arbres,
qu'ils connaissaient bien tous les deux. C'étaient les
premiers frênes de Bel-et-Bas.

Jacques la laissa se replonger dans sa rêverie ; puis
il se rapprocha d'elle.

—Vous êtes reposée, lui dit-il avec une rudesse évidemment feinte. Parlons donc d'affaires maintenant.

C'était la première fois peut-être, de toute sa vie,
qu'il essayait de composer sa voix.

— Qu'avez-vous à me dire? s'écria Marcelle. N'êtes-vous pas le maître de la ferme? Tenez, mon cousin,. j'avais juré de ne jamais la vendre... eh bien...

— Non, interrompit-il d'un ton bref, je ne suis pas le maître. Vous vous bercez de mauvaises pensées, ma cousine. En effet, il aurait mieux valu vendre votre bien : vous oubliez trop que vous êtes fermière...

— De quoi s'agit-il ? fit-elle avec impatience.. J'aime mieux le savoir. Vous ne me répondez pas?

S'il ne voulait par ce reproche que la ramener brusquement sur la terre, il devait y réussir. Intérieurement elle se compara à ces pauvres oiseaux privés à qui l'on coupe l'aile, bien qu'ils l'aient trop lourde pour apprendre jamais à s'en servir. Mais l'intention de Jacques ne lui échappa point. Cette nouvelle brutalité, qui n'était que bizarre, l'inquiétait et ne la blessait pas.

— Je ne suis point le maître, reprit-il. Que vous aimiez ou non à savoir ce que j'ai fait pour vous ser-

8

vir, il faudra bien que vous le sachiez. Vous êtes, j'en conviens, une étrange fermière, comme je suis moi...

— De quoi s'agit-il? répéta-t-elle, car elle comprenait que si elle ne l'arrêtait pas, il irait trop loin. Me le direz-vous?

— Le voici, répliqua-t-il d'une voix subitement radoucie. C'est dans huit jours la coupe des colzas, et puis viendra la moisson : j'ai engagé pour vous les batteurs normands qui passent dans le pays. Ai-je bien fait, ma cousine?

Marcelle partit d'un franc éclat de rire.

— Mon cousin, s'écria-t-elle, vous avez fort bien fait d'engager pour moi les batteurs normands.

Mais elle croyait si bien que ce qu'il venait de dire était un jeu, qu'elle ne s'en préoccupa pas davantage. Elle trouvait la soirée remplie, et ce fut elle-même qui, se levant au bout d'un instant, donna le signal du retour. On marcha quelque temps le long de la frênaie : Marcelle s'arrêta.

—Jacques, dit-elle, pourquoi manquer de franchise à présent ? Nous avons assez parlé d'affaires tout à l'heure; parlons en amis. Ne voulez-vous pas convenir avec moi que vous êtes un peu plus heureux ?

— Très-heureux, répliqua-t-il; oui, très-heureux. Ma cousine, en vérité, vous êtes trop bonne. Mais remettons à un autre jour, je vous prie, à parler de tout ce que je vous dois.

Cette fois elle avait dépassé le but; et cependant, pour en arriver à cette question qui flottait sur ses lèvres depuis huit jours, elle n'avait fait que suivre un enchaînement de pensées fort naturel, trop naturel même, elle s'en apercevait bien. Jacques ne voulait pas qu'on ouvrît le livre de sa vie; il était mal guéri de sa méfiance. Tous deux firent encore quelques pas. Comme ils allaient rentrer sous le taillis, Jacques toucha le bras de Marcelle et lui montra du doigt dans la pénombre un amas de branchages et de chaume qui gisait au bord du chemin.

— Autrefois, lui dit-il, il y avait là une hutte de

charbonnier où nous avons passé une nuit tout entière, attendant la fin d'un orage. Il y a quinze ans de
cela; oui, quinze ans. Et depuis... Vous en souve-
nez-vous, Marcelle?

Jamais il ne l'appelait ainsi; il disait ordinairement:
Ma cousine, un nom froid, presque banal. De tous
les souvenirs qu'il pouvait évoquer pour effacer un
peu ses dures paroles, celui-là d'ailleurs n'était ni le
moins vivant ni le moins doux, et Marcelle, bien sûre
qu'il ne la verrait pas rougir, répondit à demi-voix
qu'elle se souvenait. Elle se souvenait bien, en effet,
qu'elle avait dormi là, toute une nuit, la tête blottie
contre l'épaule de Jacques, tandis qu'il s'obstinait à
regarder en face les éclairs dont elle avait peur. C'était
aussi la première fois qu'il arrivait à Jacques de lui
parler de leur enfance; mais s'animant peu à peu, il
ne cessa point d'en parler durant tout le retour. La
jeune femme l'écoutait avec une sorte de naïf recueil-
lement; elle commençait à croire que ce long silence
sur des choses si chères lui avait toujours pesé, et

qu'il respirait enfin plus librement pour l'avoir rompu. Tout à coup il lui prit le bras :

— Ah ! s'écria-t-il, vous me l'avez bien dit un jour, ma cousine. En ce temps-là je valais mieux.

Marcelle eut un mouvement de générosité sublime. Elle s'arrêta et prit à son tour la main de Jacques :

— Non, lui dit-elle, non ; je vous jure, moi, que vous valiez moins.

— Grand merci, fit—il d'une voix rauque.

— Oui, oui, reprit-il au bout d'un instant, vous voilà bien vous, la bonne fille, généreuse et compatissante comme une Bongenoux. Je vous dis qu'il n'y a que moi dans la famille qui porte le diable au fond de mon cœur. Allez ! je ne sais si le sort est juste, mais il ne m'a point gâté jusqu'à la moelle, et, croyez-moi, je peux encore sentir ce que vous avez fait pour un vagabond, pour le fils maudit, pour ce misérable qu'ils montreraient tous du doigt, s'ils l'osaient. Quand je suis entré dans la ferme, toutes les femmes, à votre place, auraient feint de ne pas me reconnaître. Il faut

donc que je vous remercie pour n'avoir pas eu peur de
moi. Mais vous m'aviez pris ensuite en trop grande
pitié et je ne veux pas de pitié, vous dis-je! Je ne
mérite rien de vous, rien, vraiment rien ; ce serait
une dérision que de me plaindre, et je vous le défends!
Tenez, je vous dirai tout. Ce n'est pas le métier d'une
sainte fille comme vous que d'écarter les souvenirs
qui me mordent. Vous ne sauriez pas panser la mor-
sure, il ne me faut pas de baume, il me faut un fer
rouge; je sens là comme du venin de vipère... — Vous
ne comprenez pas? Eh bien, le jour où je suis allé
jusqu'à la ville acheter cette blouse, qui a refait de
moi un paysan, j'ai acheté aussi un livre, le livre de
vos lois, des nôtres, un code, ajouta-t-il avec un rire
étouffé. Votre loi ne me condamne point, je la trouve
lâche! Non, en vérité, il n'y a pas de peine écrite
contre les parricides qui me ressemblent; il n'y en a
point contre l'homme qui s'arme pour se venger sous
prétexte de se défendre, et qui..... Ah ! qu'ils ont raison ici de m'appeler le fils maudit. Mon père était

déjà mort en ce temps-là, et c'était bien lui qui me poussait la main quand ce Jean Laigue..... Mais qu'est-ce que je dis là, mademoiselle Bongenoux? Je voulais seulement vous remercier d'avoir été bonne pour moi ; il était déjà bien tard pour le faire, trop tard peut-être, et mon premier remercîment n'a été qu'une injustice. J'ai voulu vous l'expliquer, au moins, et alors..... Je crois que depuis ce moment-là je n'ai fait que divaguer. Vous devez me croire fou.

La foudre serait tombée aux pieds de la jeune fille qu'elle n'en eût pas été plus atterrée. Le cœur de Jacques avait donc rompu sa digue. Cette longue plainte aveugle et bruyante venait d'en déborder comme un torrent, et il ne parlait plus, qu'elle croyait encore entendre ce sourd roulement d'imprécations et de menaces. Elle resta là quelque temps, clouée au sol, attendant toujours la fin de cette confession désespérée. Ces mots de remords et de vengeance, sinistres allusions qu'il laissait échapper pour la seconde fois, sonnaient comme un glas à ses oreilles ; et pourtant elle sentait naître au fond d'elle-même une joie tout aussi folle, plus grande peut-être que celle qui l'avait saisie deux heures auparavant, quand Jacques avait pris avec elle le chemin des frênaies. Jamais elle n'avait vu si clairement le rôle qu'elle avait à jouer auprès de lui; mais elle ne trouvait rien à lui répondre. Il se remit en marche; elle ne put que le suivre.

Ils étaient arrivés depuis longtemps à la lisière du bois et ils commençaient à longer le petit jardin de Marcelle. Comme Jacques allait ouvrir la barrière pratiquée dans la clôture de prunelliers et d'aubépines, une ombre tout à coup bondit par-dessus la haie, et, traversant le chemin d'un autre bond, atteignit le bois. Jacques s'élança sur ses traces : le fracas des branches mortes que le fuyard cassait en courant sous les arbres le dirigeait dans sa poursuite, il allait peut-être l'atteindre. Mais Marcelle jeta un cri si désespéré qu'il s'arrêta et revint vers elle.

— Pourquoi cette frayeur d'enfant? lui dit-il; je vous croyais brave.

— Peut-être cet homme est-il armé, balbutia-t-elle;
vous ne l'êtes pas.

— Il est inutile de jamais trembler pour moi, interrompit-il durement. Cet homme n'est pas un malfaiteur ; il est du pays sans doute. Il aura pu m'entendre tout à l'heure, car je parlais haut. Cela est pour
le mieux, ajouta-t-il, j'aurai le Josas pour confident.

Il ouvrit la barrière, la fit entrer dans le jardin, et,
sans prendre garde qu'il la laissait dans les ténèbres,
seule et sous l'impression d'une terreur mal effacée, il
s'éloigna précipitamment. Marcelle essaya de retrouver, à travers les arbres, le chemin de la maison et
ne put d'abord y réussir ; vingt fois elle eut envie de
revenir sur ses pas et ne l'osa ; un soupçon affreux
lui serrait le cœur, car cette ombre qui venait de
bondir par-dessus la haie du jardin, elle avait cru la
reconnaître : c'était la grande taille de Magloire. Et
Jacques ! Jacques sans doute ne l'avait quittée que
pour se remettre à la poursuite du fuyard : ils allaient
tous deux se rencontrer dans le bois ! Un nuage passa

sur les yeux de Marcelle ; d'épouvantables images se dressèrent autour d'elle dans la solitude de sa chambre, où elle venait de rentrer : Jacques était un terrible justicier ! — Sa voix, qu'elle entendit enfin dans la salle basse, la délivra de cette horrible crainte ; il était dans la maison : la jeune femme s'affaissa sur une chaise en joignant les mains.

Le chandelier d'étain, qu'en entrant elle avait posé sur la cheminée, ne jetait plus qu'une faible lueur ; de grandes ombres se mirent à jouer dans la chambre, le lumignon fumeux tremblota longtemps et mourut : la grande dame rose demeura dans les ténèbres et ne s'en aperçut pas. Elle était bien loin alors de cette secrète joie que la brusque expansion de Jacques lui avait causée moins d'une heure auparavant. La rude partie qu'elle avait si bravement engagée lui semblait plus que jamais au-dessus de sa force ; l'effroi la ressaisissait devant ce qu'il lui restait à faire. Pour guérir le mal de Jacques, ne fallait-il pas au moins qu'elle connût sa source ? Mais comment entrer dans cette âme inexpugnable dont l'orgueil était le rempart?

Les moindres incidents de cette soirée se retraçaient en traits aigus dans sa mémoire. Jacques n'avait point cessé d'être là devant elle : dans cette nuit dont elle s'enveloppait comme à plaisir, elle le voyait, l'écoutait toujours et recueillait avidement les mots singuliers qui tombaient un à un de sa lèvre en délire. C'était bien la seconde fois qu'il s'échappait devant elle jusqu'à ces moitiés d'aveu qui lui laissaient tout à croire. Elle se mit, avec une ardeur fébrile, à rapprocher ce que naguère il avait dit, de ce que, le soir même, elle venait d'entendre, et se jeta peu à peu dans une mer de conjectures dont chaque flot, en se soulevant autour de son esprit frappé, le poussait plus loin. Quelle était cette faute, ce crime — c'était un crime, il le disait! — pour lequel notre loi de France qu'il trouvait si lâche, ne le condamnait pas?

« Il faut, répétait-elle, il faut donc qu'il soit, ou bien malheureux, ou bien coupable! »

L'idée ne lui vint pas qu'il pouvait bien n'être qu'orgueilleux jusque dans son remords, se l'exagérant pour satisfaire encore ce besoin de luttes et de fureur qui était la fatalité de sa force. Elle se prit hardiment, et sans frémir une seule fois, à passer en revue tous les genres de crimes où cette même fatalité avait pu le pousser. Le mot de meurtre revint sur ses lèvres. Un meurtre! un meurtre commis sans nul doute dans une querelle, dans un de ces accès de colère frénétique auxquels Jacques n'était que trop sujet, mais sur un adversaire armé et prêt à se défendre; un de ces duels sauvages du désert qui n'ont pour témoins que les bêtes fauves et la montagne muette!

Mais toutes ces funestes suppositions l'aiguillonnaient au lieu de la satisfaire. Il lui sembla bientôt que c'était trop peu de pénétrer le secret de Jacques; elle eût mieux aimé qu'il parlât de lui-même, et sans cesse elle en revenait à l'idée de lui arracher cette confession sans réserve que déjà elle s'imaginait entendre. Parfois elle reculait pourtant devant la har-

diesse de ce projet, s'apercevant bien que sa raison
s'opiniâtrait à ne pas l'y suivre. Cette austère raison
lui disait d'attendre: Ève ne se tint pas sans doute un
autre langage et mordit pourtant au fruit vert. L'ima-
gination de Marcelle s'agita toute la nuit dans ce
cercle de feu que les heures ne firent que resserrer
en s'écoulant. Elle se disait que Jacques en viendrait
bien plus aisément à un aveu s'il avait de l'amitié
pour elle. Mais, le peu qu'il en avait, elle pouvait le
compromettre, le briser même en le forçant à parler.
D'un autre côté elle sentait bien qu'il ne s'abandonne-
rait jamais à l'aimer véritablement, tant qu'elle igno-
rerait ce terrible secret qui creusait entre eux un
abîme. Elle pensait qu'il n'avait jamais pris de confiance en elle, parce qu'elle avait constamment manqué d'adresse à lui en faire prendre. Elle pensait enfin
mille autres choses; mais elle pensait par-dessus tout
et toujours qu'il fallait le réduire à parler.

VIII

Lorsque les lueurs furtives de l'aube se glissèrent enfin dans sa chambre, Marcelle venait de prendre un parti. Ses profondes combinaisons de la nuit n'avaient servi qu'à la faire douter un peu plus fort de son adresse. De tous les moyens qui pouvaient décider Jacques à un aveu, la jeune femme s'était donc mise à chercher le plus simple, ce qui ne pouvait manquer de la conduire au plus singulier. Elle dépensa le reste du jour à se prêcher le courage, et, le soir, au lieu d'aller comme de coutume rejoindre son cousin sous les pommiers, elle remonta chez elle et s'y renferma. L'instant décisif était arrivé. La grande dame ruse se dirigea vers son miroir en souriant et en tremblant tout à la fois. Elle réfléchit pourtant que plus de confiance en elle-même ne lui siérait que mieux, et ne

donnerait que plus de force à son artifice; que Jacques
d'ailleurs était bien changé depuis quelques jours, et
que, maintenant s'il avait d'autres yeux pour elle, il
fallait après tout qu'elle le méritât un peu. Cette dernière pensée la rassura, et pendant un moment son
miroir ne lui fit plus peur.

Elle se mit d'abord à natter ses longs cheveux dont
la nuance sauvage, tout près du brun, plus près du
fauve, offrait le signe caractéristique de sa race, mais
qui encadraient si bien la maigreur dorée de son
visage. Elle prit une robe noire comme toutes celles
qu'elle portait depuis quatre mois, mais d'une étoffe
plus légère et d'une coupe bien plus hardie; puis elle
attacha son fichu de crêpe avec une broche d'or et
mit ses bagues à son doigt. Ce dernier ornement aurait suffi à ramener à ses pieds toute la volée de ses
prétendants. Jacques, hélas ! ne se laissait pas éblouir
par si peu; voilà ce qu'elle se disait tristement en
donnant un dernier coup d'œil à sa toilette et à sa
personne. Mais puisqu'elle s'était si courageusement

parée, il n'était plus temps de douter de l'effet de sa parure : Jacques allait venir. Elle tira le verrou de sa porte et attendit. Elle était bien sûre qu'il ne manquerait point ce soir-là de la visiter chez elle, et pourtant, elle se sentait pâlir, et ses longues mains brunes frémissaient le long de sa robe. Il monta l'escalier. Elle bondit vers la fenêtre, saisit la carabine toujours cachée derrière le rideau, et la tenant entre ses mains comme un jouet, elle revint s'asseoir au milieu de sa chambre. Jacques entra.

Ses yeux se portèrent d'abord sur la carabine, puis sur le visage de la jeune femme, et il devina le mot de cette scène naïve trop évidemment préparée d'avance, et dont Marcelle avait cru la simplicité même si bien faite pour le surprendre. Cette arme fatale n'était-elle pas son ancienne compagne et sa *complice ?* La jeune femme n'avait pas oublié ce mot-là. Elle se souvenait aussi de l'horreur involontaire qu'il avait laissé percer un jour en la trouvant entre ses mains. En l'y revoyant, il devait se troubler encore; le passé, se dressant brusquement devant lui, allait le vaincre, il devait parler. Telle était la seconde partie du plan de Marcelle, et il s'en était fallu de bien peu qu'elle ne réussît; Jacques avait d'abord reculé d'un pas. Mais ce tressaut d'émotion ne fut que d'une seconde; il s'avança vers la jeune femme qui, dans sa confusion, allait laisser tomber la carabine, et, sans dire un mot, il la lui retira doucement.

Marcelle ne ressentit pas que de la honte, mais une atroce douleur de se voir devinée. Elle ne songea guère en ce moment que c'était aussi pour surprendre Jacques qu'elle avait voulu se parer et se faire plus belle; la première partie de son beau projet s'envola de sa mémoire comme une vaine fumée. Elle demeura muette, écrasée par le ridicule de son insuccès, oppressée par les larmes qui la gagnaient, n'osant ni rester ni s'enfuir. Jacques parcourait la chambre; il tenait toujours la carabine à la main, cherchant des yeux une cachette où la jeune femme serait condamnée désormais à la laisser enfermée. — Là, comme

dans la chambre du père Bongenoux, s'élevait entre
la cheminée et la porte une armoire, un de ces meu-
bles massifs qui remplissent plutôt qu'ils ne décorent,
à la campagne, toute maison opulente et bien ordon-
née. Marcelle retrouva tout à coup des forces : Jacques avait ouvert l'armoire. En posant sa carabine
sur l'un des grands rayons de chêne, ses yeux venaient d'y rencontrer un objet bien connu, un certain
cadre fastueusement doré qui le fit tressaillir. Il le
prit, et voulut se retourner vers la jeune femme. Elle
était près de lui.

— Voyez! lui dit-il, c'est encore vous! Ce n'est plus
moi! Eh quoi! vous avez gardé cela?

Cela c'était la toile où feu Marcel Bongenoux avait
pris tant de joie à faire réunir par le peintre les traits
de sa fille et ceux de son neveu.

— Et pourquoi, l'ayant gardé, l'avez-vous caché?
demanda Jacques.

Pourquoi? Pour l'expliquer, il aurait fallu remonter bien haut, si haut que Jacques en eût été

atteint à son tour et écrasé. Il aurait fallu lui raconter la stupeur que sa fuite avait causée dans les deux fermes, puis la colère de Marcel Bongenoux son oncle, l'arrêt qui l'avait suivie et qui devait livrer au feu la pauvre peinture, et enfin le naïf compromis par lequel le vieillard, se réprimant lui-même, avait commué la terrible peine infligée au portrait de son neveu en une détention perpétuelle dans sa propre armoire. Mais ce n'était pas tout : il aurait encore fallu que la jeune femme avouât comment, un mois environ avant cette soirée, dans une heure d'abattement et de doute, elle s'en était allée dans la chambre de son père prendre ce portrait, et comment elle l'avait apporté dans la sienne où, depuis lors, il était resté.

Rien ne l'humiliait et ne la désespérait plus que ces lourds silences où elle se voyait réduite à chaque instant vis-à-vis de Jacques. Mais cette fois elle se sentit si faible, qu'elle ne put s'empêcher de lever vers lui un regard éperdu qui le suppliait de ne point l'interroger davantage. Comme toujours, il la comprit mal.

— Vous avez très-sagement fait, lui dit-il d'une voix qui voulait être brève, et qui n'était qu'agitée.— Conserver cela pour vous, c'était bien ; mais vous ne pouviez le laisser voir. Moi, reprit-il, en cessant de regarder le tableau pour la regarder, je l'aurais détruit.

— Détruit ! s'écria-t-elle.

— Hé non ! pourtant, fit-il d'un air pensif, je crois bien que je l'aurais épargné.

Et il vint poser le portrait sur la tablette de la cheminée, au-dessous du miroir. Cette mauvaise toile et ce morceau de verre lui renvoyèrent deux fois son image : il vit dans l'un sa face d'athlète, ce masque d'acier que le malheur avait mordu comme l'eau-forte; dans l'autre il revit son enfance âpre et jalouse, et une lueur de rage inutile passa entre ses paupières comme une traînée de poudre enflammée. Mais il suffit d'une seconde pour lui faire comprendre toute la folie de ce dernier emportement contre le destin. Il s'assit devant le portrait.

— Quand je songe à ma vie! dit-il. Que de choses depuis ce jour où l'on nous fit poser tous les deux dans la chambre de votre père qui riait aux anges, devant ce pauvre diable qui apprenait à peindre aux dépens de nos deux têtes! — Tenez, Marcelle, quand j'y songe, je crois avoir été le jouet de quelque affreux cauchemar. En ce temps-là je n'avais encore que de l'orgueil; j'étais si jeune! L'année suivante on me mit au collége, et dès lors je fus envieux et méchant. Je me souviens qu'il y avait sur le même banc que moi, dans la classe, deux jeunes garçons dont l'un était chétif, humble et rusé comme un vieillard : c'était le fils d'un juif millionnaire; l'autre était orphelin. Son père, un colonel, je crois, venait de mourir glorieusement en Afrique. Eh bien, je haïssais l'un et l'autre parce qu'on ne parlait que d'eux dans le collége; mais je n'enviais que le petit juif. Un jour je le battis si fort qu'il faillit en être estropié. Cette première vengeance, quoique sévèrement punie, ne fit que me griser de haine. Je traversais souvent les cours, entraînant après moi l'un de mes camarades, mon esclave; et lui montrant successivement les autres du doigt, je lui demandais d'une voix étouffée : « Celui-là est-il riche? » Je devenais fou de colère quand il me répondait : Oui. — Voilà les désirs qui m'ont poussé à m'enfuir de Bel-et-Bas, à tuer mon père, et à d'autres actions que vous saurez peut-être un jour, ma cousine, puisque vous voulez les savoir! J'avais juré d'être riche! une laide pensée! — Qui sait si à mon tour je ne me serais point fait juif tout comme le père de cet enfant que j'avais maltraité?— Mais, non! le fond de mon cœur ne le voulait pas.— Je suis Bongenoux, d'une race d'honnêtes gens, et là-bas il n'aurait tenu qu'à moi de m'enrichir! mais je n'ai rien voulu devoir qu'à mon travail, et le travail ne m'a donné que la misère, — c'est la justice ordinaire du sort. — Ah! si mon père avait su me garder à la ferme!

— Eh bien! reprit-il en se levant tout à coup, ne vous en ai-je pas dit assez pour cette fois? — Voulez-vous encore une autre confession, ma cousine ?

— Jacques, murmura-t-elle...

— Oui, oui, continua-t-il, sans lui laisser le temps
de répondre et en se promenant à grands pas, voyez
comme la nature m'avait construit. J'étais né pour
rester un paysan toute ma vie. J'aurais pu, ma foi,
traîner moi-même ma charrue...

Comme il était arrivé au bout de la chambre, il se
retourna. — Que faites-vous là ? s'écria-t-il.

Marcelle était montée sur une chaise et s'efforçait
d'accrocher le portrait à un clou qu'elle venait d'aviser
dans la muraille, auprès de la cheminée.

— La vue de ce tableau vous a fait du bien, lui dit-
elle, je ne le cacherai plus.

— C'est vrai, fit-il avec un soupir de soulagement ;
depuis hier, je dois beaucoup vous surprendre. Il y
avait deux ans que je n'avais parlé.

Marcelle ayant réussi à suspendre le portrait, descendit de la chaise, se dirigea vers l'armoire, et y reprit la carabine. Jacques s'élança sur son passage.

— Où donc la portez-vous ? s'écria-t-il.

— Là, répliqua-t-elle d'une voix claire, à la place que je lui avais choisie.

Mais, en la déposant près de la fenêtre, elle tira le rideau.

— Vous ne pouvez craindre de la voir, lui dit-elle ; vous devez aimer cette vieille compagne de vos fatigues et de vos misères : elle restera là, Jacques. Lorsque vous viendrez chez moi et que vous la regarderez tranquillement, alors, mon cousin, vous serez bien près d'être...

— Je serai guéri, interrompit-il violemment ; voilà donc ce que vous voulez dire !

— Enfin, il faut que vous la voyiez, répliqua-t-elle. Ne *raisonnez* pas, Jacques, ajouta-t-elle avec un sourire qui semblait lui déchirer les lèvres. Supposez que c'est un caprice et pardonnez-le-moi. Je le veux !

— Et vous voulez aussi connaître son histoire ? car son histoire est la mienne, s'écria-t-il en la saisissant par la main et en la regardant fixement.

Marcelle comprit qu'un dernier ferment de défiance allait se réveiller en lui, et qu'il fallait être brave. Elle rassembla toutes ses forces, et rapidement elle se dit qu'elle devait s'en tenir plus que jamais à son premier plan, puisque cet entretien, que sa timidité avait failli tout d'abord rendre ridicule, se tournait décidément en une victoire.

— Oui ! répondit-elle. Hé bien ! oui, Jacques, oui, je le veux.

Au lieu de lui quitter la main, il l'entraîna devant le portrait·

— Regardez donc, lui dit-il. Ne vous disais-je pas bien que vous n'avez pas changé? Nous vivions alors isolés comme à présent, et j'étais seul à vous bien connaître. On vous croyait docile par indifférence; votre père disait de vous : Mademoiselle l'Endormie. Mais vous étiez déjà la femme que vous êtes, douce, timide, mais en apparence. Je m'apercevais souvent, quand je croyais vous protéger, que j'étais bien plutôt protégé par vous. Vous voudriez qu'il en fût encore

ainsi, n'est-ce pas? C'est impossible. Adieu, mademoiselle Bongenoux.

Mais comme il allait sortir, elle vit sur ses lèvres
l'ombre d'un sourire qui ne cachait plus ni sarcasme
ni soupçon. « Pourquoi le presser davantage? » se dit-
elle. C'était maintenant qu'elle pouvait attendre; elle
le laissa s'éloigner. La nuit suivante lui parut la plus
heureuse de toute sa vie; dès le matin, et rêvant
encore, elle descendit à son petit jardin, où elle travailla tranquillement jusqu'à ce que l'ardeur du soleil
vînt l'en chasser. Mais en rentrant dans sa chambre,
elle aperçut sur sa table une lettre gracieusement
scellée, tout le long du pli, en une certaine espèce de
cire verte dont la couleur était un symbole, et qui
aurait aussi bien pu servir à cacheter le goulot d'une
bouteille. Le papier, qui n'avait guère que deux à trois
lignes d'épaisseur, exhalait la douce odeur de la
pipe; l'adresse décrivait un demi-cercle parfait, et
l'orthographe en était si riche, comme toujours, que
chacun des mots qui la composaient aurait pu, sans

s'appauvrir, se désenfler de quatre consonnes. Marcelle fit sauter le formidable cachet; le message venait de Magloire.

Quel réveil! cette seconde déclaration était plus claire et plus hardie, bien autrement mathématique surtout que la première. Le fermier de la Louvette se hasardait, pour cette fois, jusqu'à renouveler à la grande dame rose l'offre solennelle de sa personne si jalousée, de son bien qui n'était plus à lui, et qu'il supputait pourtant en une belle colonne de chiffres, de son nom de Magloire enfin, ce nom fameux qui avait fourni un si joyeux calembour à son père le maître d'école. Le premier mouvement de Marcelle fut, comme l'autre fois, de courir à Jaques, cette nouvelle épître à la main. Mais en arrivant dans la cour, elle aperçut tout à coup devant la maison, sur des gerbes fraîches de colza, Choblet le berger, qui dormait profondément. Elle fit mine de rentrer dans la maison, puis se retourna brusquement; le berger s'était soulevé à demi sur le coude et la regardait. Marcelle fut frappée d'une lumière subite, et, sans hésiter, marcha vers lui.

— C'est vous, lui cria-t-elle en élevant la lettre au-dessus de sa tête; c'est vous qui avez apporté ceci chez moi!

Mais avec tout le respect qu'il devait à sa *bourgeoise*, et aussi avec toute la pitié que méritait une si grande folie, Choblet haussa doucement les épaules, poussa l'un de ses glouglou et ne répondit pas. Marcelle lui tourna le dos, traversa précipitamment la cour, et prit par le *Bloquage* la route des champs.

— Bon! dit Choblet tout haut, elle n'ira pas loin.

Puis se glissant à son tour à travers le dédale des hangars et des étables, il atteignit le cordon du bois et se mit à descendre vers la vallée d'un pas aussi tranquille que s'il avait eu l'éternité tout entière pour porter à Magloire, son patron, les nouvelles de la matinée. C'était sa maxime favorite qu'il ne fallait jamais se hâter ni se mettre en souci.

Ce qu'il aperçut de loin en arrivant aux abords de la

Louvette l'inquiéta pourtant si fort, lui qui faisait profession de ne *s'émouver* de rien, qu'il faillit tourner court et regagner le bois. Magloire se promenait sur le pâtis devant sa ferme; mais il n'était pas seul, et c'était son père, en vérité, son père lui-même, l'ancien maître d'école enfin, qui lui faisait compagnie. Choblet crut utile de se frotter encore une fois les yeux. Magloire le père, depuis neuf ans bientôt, comptait si peu parmi les vivants, que beaucoup de gens crédules le tenaient pour un *esprit*, quand par hasard il se faisait voir. Il vivait pourtant, mais seul et sans bruit surtout, dans un coin de la ferme, « comme un saint qu'on ne fête plus, » disait Pierre fort plaisamment. Le saint s'accommodait à merveille d'être oublié si à propos, car il se traitait grassement dans sa niche et n'y traitait que lui, ce qui rendait ses jouissances d'autant plus douces. Si quelqu'un venait par hasard à lui parler de l'ancien pouvoir qu'il avait exercé à la Louvette, vite il faisait taire l'indiscret et il s'en fallait de bien peu qu'il ne niât

effrontément d'avoir été le tuteur de son fils. Ce
tendre fils était justement l'homme de tout le Josas
qu'il rencontrait le moins, car sa peur de lui porter
ombrage était si grande, qu'il allait jusqu'à l'éviter.
S'ils se trouvaient ensemble ce jour-là sur le pâtis,
il fallait donc que Pierre lui-même eût été quérir son
père au fond de sa retraite. Il fallait aussi qu'il eût
eu tout à coup grand besoin de lui.

Voilà ce que se disait Choblet, et, toujours prudent, il avait ralenti le pas pour gagner du moins
quelques secondes. Mais ses petits yeux ne cessaient
point de marcher, et ce qu'ils virent enfin les paya
largement de leur peine. Le jeune maître de la Louvette avait un papier dans la main droite. — C'était
quatre pages d'un grimoire crasseux et serré, portant au recto l'image peu rassurante de la Justice,
avec son inexorable balance. Une nouvelle crise était
apparemment survenue, et Pierre se ressouvenant
tout à coup que son père avait passé de tout temps
pour un habile homme, s'était aventuré, dans son

embarras, jusqu'à le consulter. Choblet se remit promptement, et s'avança d'un pied beaucoup plus sûr: il n'allait plus à l'aveugle.

En l'apercevant si près de lui, Pierre voulut cacher le papier timbré sous sa blouse; mais la blouse était trop pleine: une autre pièce, semblable en tout à la première, s'en échappa. — Le jeune maître mit le pied dessus, cherchant à payer d'audace.

— Est-ce fait? cria-t-il à Choblet. Tu peux tout conter devant mon père. Hé bien?.... Que regardes-tu par terre?

Choblet regardait deux choses à la fois, quoiqu'il eût l'air de n'en voir qu'une, l'épaisse figure de Magloire le père et le papier timbré. Il se disait que l'ancien maître d'école, si subitement appelé dans cette conjoncture, ne donnerait rien pour rien à son cher fils, et qu'il comptait sans doute faire payer ses bons avis de quelques traits de sa façon, ne fût-ce que pour prouver que le tranchant de ses *connaissances* ne s'était pas trop rouillé dans la retraite. — Le rusé ber-

ger s'efforçait en même temps de deviner quelle pouvait bien être la nature de cette méchante pièce que
Magloire le fils tenait toujours sous son pied. Il ne
savait pas lire, mais il se connaissait en actes, d'instinct et d'habitude, comme un renard se connaît
en piéges. La frayeur du jeune maître le fit sourire.
Pierre serra les poings et redevint bleu.

— Hé, hé! Te voilà donc, berger Tyrcis, s'écria
Magloire le père, s'avisant qu'il était bien temps de
prendre la parole. Voilà le sournois qui a jeté Magloire dans le pétrin. Vous prétendiez donc épouser à
vous deux cette mijaurée Bongenoux malgré elle? —
Ah ça, reprit-il, en laissant tomber lourdement sa
main sur la maigre épaule de Choblet, qu'espères-tu
tirer de tout ça, mon compère? Que la Marcelle épouse
Magloire ou son cousin, qu'est-ce que cela te fait?

— Bon! dit le berger, ça ferait pourtant un beau lopin
de terre à M. Magloire, s'il avait à lui les trois fermes.

— Qui de trois ôte une, murmura le maître d'école,
reste deux.

— Ce n'est pas par intérêt, au moins, reprit le berger, que je veux.....

— C'est donc pour le plaisir de finasser et de tromper tout le monde? s'écria Magloire le père. Il ferait beau voir que Jacques Bongenoux apprît un mot de toute cette histoire, monsieur le finaud. Comme il te prendrait pour un de tes moutons, et te croquerait vif! — Ah! ah! c'était bien imaginé pourtant.

— A-t-elle lu ma seconde lettre? demanda Pierre d'une voix sourde.

Mais ni la rage croissante de l'un de ses partenaires ni les quolibets de l'autre n'étaient capables de troubler le vieux Berrichon.

— Bon! répondit-il en tordant entre ses doigts le large bord de son chapeau noir, pour sûr que je la lui ons portée; mais qui peut dire si elle l'a lue?

— Oh! le rusé, fit le maître d'école, imitant les intonations du berger; pour sûr que je le dirons à Jacques. C'est à lui que j'écrirai, moi.

— Mille diables! hurla Pierre, que la belle humeur

de son père et le nom de Jacques, qui revenait toujours, avaient achevé de mettre hors de lui ; démon d'enfer ! monsieur Magloire, vous tairez-vous ?

— Tout beau ! Magloire, tout beau ! comme disait le grand Racine, répliqua le père avec douceur. Je badinais, et si j'avais su te fâcher... Et il tira sa tabatière de sa poche. De fin tabac, ajouta-t-il en présentant à son fils la boîte d'argent, en veux-tu prendre ?

— Je n'ai pas ce vice-là, fit Pierre lui repoussant la main.

— Si c'était un vice, mon garçon, tu l'aurais, repartit froidement le maître d'école. Allons, Némorin, ajouta-t-il en se retournant vers Choblet qui recommençait à rire, j'attends ton récit ; je vois bien qu'il faudra que je vous aide, mes enfants.

IX

Jacques, décidément, entrait en lutte avec l'Ange.
La nuit que sa cousine avait passée à rêver, il l'avait
passée à combattre; il était sorti de la ferme dès
l'aurore, bien moins pour retourner à ses travaux
des champs que pour éviter la jeune femme. Depuis
la veille, en effet, s'il descendait en lui-même, il se
heurtait à chaque pas contre quelque sujet nouveau
d'étonnement. Mais ce qu'il comprenait le moins,
c'était que pendant les cinq années de son absence,
il eût pu si entièrement oublier Marcelle.

Il l'avait oubliée, pourtant, si bien oubliée que,
trois mois auparavant, parti de Brest et suivant, seul
avec ses lourdes pensées, la route qui devait le ramener à la ferme, il n'avait pas songé un seul instant,
durant le trajet, que son oncle Marcel Bongenoux

avait une fille et qu'elle avait été sa sœur. Les sanglantes épreuves de sa seconde jeunesse effaçaient en
lui jusqu'à la mémoire de son enfance; il ne s'était
souvenu qu'en revoyant Marcelle, en sentant sa main
trembler dans la sienne, et son cœur alors même
n'avait pas parlé. Cette loyale étreinte, il avait oublié
aussi de la lui rendre, toujours oublié! Comment se
faisait-il qu'après tout cela la jeune femme eût pris
une si grande place dans sa vie, ou plutôt qu'elle l'eût
usurpée? Et ne le menaçait-elle pas encore de bien
d'autres usurpations dont il ne savait plus se défendre?

La sollicitude dont elle l'entourait le pénétrait malgré
lui comme ces brises molles d'avril qui entrent au
cœur des vieux chênes. Il comprenait bien que sa
rude écorce s'était ouverte, que tout se détendait rapidement et s'amollissait en lui, tout, jusqu'à son orgueil,
jusqu'au sentiment de sa faute, jusqu'à ces regrets
sauvages, jusqu'à ce remords exagéré qui ne lui était
plus si cher. Plein de cette idée importune, il s'égara
dans la campagne; il se donna pour tâche de raviver

la flamme assoupie de ses vieilles colères, il résolut de ne plus reculer devant aucun effort pour ranimer le spectre de sa douleur qui menaçait de s'évanouir; et au lieu de reprendre son chemin vers le plateau où se réunissaient en ce moment les journaliers de la Grange-Dame-Rose, il eut le courage de descendre la colline et de s'acheminer vers Bel-et-Bas !

C'était la première fois qu'il osait accomplir seul ce cruel pèlerinage. Là, sous les arbres de cent ans, que la tendre prévoyance de Marcelle n'avait pu renouveler comme elle avait rebâti la maison, dans ces humides sentiers que son père et lui avaient tant de fois parcourus ensemble, alors que le malheureux Julien Bongenoux croyait encore en son fils, il entendit de nouveau les sourds battements de sa blessure; et s'accusant de lâcheté pour avoir failli rejeter trop tôt le poids du châtiment, bien sûr d'avoir fortifié pour jamais sa conscience contre la paix que lui imposait Marcelle, il reprit le chemin de la Grange-Dame-Rose. Il ne devait pas revoir sa cousine ce jour-là ; et cependant,

10

comme il allait rentrer à la ferme, après avoir gravi
la colline du côté du bois, il ne put passer devant le
petit jardin de la jeune femme sans y jeter au moins
les yeux. Le jardin lui parut désert; il vint machinalement s'accouder sur la claire-voie.

Au milieu du tumulte de la ferme, ce coin de terre
avait été de tout temps le refuge de Marcelle. Son père,
un jour, le lui avait donné comme son apanage; rien
depuis lors n'y avait été planté que sous ses yeux, et
Jacques savait que tout y parlait d'elle. C'était bien le
jardinet d'une fermière; l'art y était sagement rem-
placé par la symétrie, le Le Nôtre rustique qui l'avait
autrefois dessiné, ayant voulu témoigner avant toutes
choses de son éclatant amour pour la ligne droite et
pour le cordeau. D'irréprochables carrés de légumes,
de superbes quenouilles qu'une seule minute de caprice de notre excellente mère nature pouvait détruire,
des fleurs en bordure le long de l'allée principale, il
n'y avait point d'autres ornements ni d'autre luxe.
Encore ces fleurs étaient-elles bien loin d'appartenir par

leur espèce à la brillante aristocratie des jardins : c'é-
taient des bourgeoises ou de la populace, quelques
roses trémières, des juliennes doubles, force giroflées
et pois de senteur; et plus d'une vilaine touffe de soucis prospérait là sans vergogne. Mais la grande dame
rose les aimait toutes et en prenait autant de soin que
si ç'avait été des plantes de choix : la surveille, en
riant, elle avait menacé son cousin de les lui faire ar-
roser.

Si ce n'était donc une pensée qui se rapportait encore
à elle, un secret désir de la revoir, quel motif avait
pu pousser Jacques à se rapprocher du jardin? Qui le
retenait maintenant auprès de ce treillage à contem-
pler d'un œil vague toutes ces choses qui étaient *elle*?
Mais elle était là : le vent ayant écarté tout à coup les
feuilles, il l'aperçut sous le grand poirier qui s'élevait
à mi-chemin de la maison. Il n'avait fait que l'entrevoir : elle était assise au pied de l'arbre sur le banc;
elle avait un coude appuyé sur ses genoux et la tête
posée dans sa main.

Jacques n'eut garde de se retirer, comme il aurait dû le faire pour tenir à son serment. Il resta, cherchant à percer l'épais rideau de feuilles qui s'était refermé autour de la jeune femme, soucieux, irrité de la surprendre encore à rêver, car à quoi rêvait-elle? A lui, ou plutôt à ce qu'elle voulait apprendre de lui, à son *histoire!* Et n'avait-il pas nourri lui-même, par ses imprudences, par l'étrange brusquerie de ses expansions inattendues, par ses commencements d'aveu, par ses sottes fureurs, cette curiosité ardente que Marcelle avait maintenant de le mieux connaître et qu'elle ne déguisait plus? Quelque chose lui dit à ce moment que, malgré sa résistance, elle triompherait de lui tôt ou tard, et qu'il ne serait bientôt plus maître de se taire. Ainsi donc il avait été assez fou pour se mettre à la merci d'une femme!

De la plus généreuse, il est vrai, de la plus loyale des femmes, de l'âme la plus droite et peut-être du seul cœur vraiment sincère qui eût jamais animé le corps d'une fille d'Ève. Voilà ce qu'il pensa, mais il le pensait encore malgré lui, car il s'indignait d'entendre sans cesse au fond de son être une voix qui lui parlait de la jeune femme et ne parlait jamais que pour elle. Il reconnaissait trop tard dans la simplicité même du cœur de Marcelle une force plus haute et bien plus vive que son orgueil, et le pressentiment de sa défaite revint encore le frapper. Aussi, dans son inquiétude, reconstruisant par la mémoire tous les détails de cette scène presque attendrie qui avait eu lieu la veille entre lui et la jeune femme, se prit-il tout à coup à rire amèrement de sa sottise. Eh quoi! il avait suffi d'un portrait retrouvé dans l'armoire d'une ménagère, de cette toile grotesque que Marcelle elle-même en était réduite à cacher, pour l'intéresser et pour l'émouvoir, lui qui se croyait de fer, après tant de malheurs! Certes, si elle avait pu un seul instant imaginer en lui tant de faiblesse, elle n'aurait pas même essayé, pour la surprendre, de son puéril stratagème. Au lieu de cette fatale carabine, si imprudemment confiée à sa garde, elle n'aurait pris entre ses

10*

mains que le portrait, ce portrait ridicule, et l'aurait
attendu sans autres armes.

Une nouvelle bouffée de vent fit onduler les branches : la jeune femme se levait. Jacques l'orgueilleux la vit qui reprenait l'allée du milieu en se di-
rigeant vers la maison. Certes, il fallait bien qu'il
devînt fou, car à ce moment il sentit comme un mouvement du cœur et du sang qui l'emportait vers elle,
comme une rapide envie de presser dans ses bras
cette tête brune et vaillante, et, si la haie ne les eût
séparés, peut-être eût-il cédé sans réflexion à l'im-
pétuosité de son désir. Mais la raison lui revint
aussi promptement qu'était venue l'ivresse, et sa raison était mauvaise. Il décida qu'il allait pour cette
fois définitivement quitter la ferme.

Depuis trois mois en effet il avait assez vigoureusement conduit le bien de sa cousine et l'avait relevé
pour longtemps. Assurément il s'en fallait bien qu'ils
fussent quittes, mais il pouvait poursuivre de loin le
devoir sacré qui l'avait retenu pendant ces trois mois

près d'elle. Qu'avait-elle besoin désormais de ses services? Elle ne voulait plus de lui que son secret, si
c'était encore un secret, que son histoire, toujours
son *histoire!* Il se résolut donc à la lui raconter, ne
fût-ce que pour lui payer encore une partie de sa
dette, et à s'éloigner aussitôt après, sans attendre
son jugement. — La grande dame rose cependant
n'avait pas levé les yeux, et tandis qu'il méditait ce
projet, elle n'avait pu l'apercevoir. Elle marchait enfermée dans ses pensées, il la suivait pas à pas, et
cette opiniâtre rêverie ne faisait que fortifier encore
l'emportement de ses soupçons. Il ne se trompait
pas, c'était bien à lui que songeait la jeune femme.
— Ainsi que l'avait prévu le sagace Choblet, elle
avait renoncé bien vite à son premier dessein d'aller
le trouver aux champs avec la lettre de Magloire.

Revenue à la ferme, elle était rentrée dans le jardin sans le savoir; elle s'était assise sous le berceau
sans avoir la conscience qu'elle était assise, et maintenant elle regagnait sa chambre sans se demander

où elle allait. Elle aurait voulu rencontrer Jacques,
et cependant elle avait peur de le rencontrer, car en
cet instant elle n'aurait pu se contenir. Cette lettre
insultante qu'elle tenait toujours lui brûlait la main...

Jacques la vit disparaître; il ne bougea pas. S'il
voulait exécuter sans plus tarder son projet de départ, il n'avait pourtant qu'à la suivre dans sa chambre. Un dernier effort et il parlait; la curiosité de
Marcelle était satisfaite et il la quittait, vengé de
tout le bien qu'elle avait voulu lui faire : le lien dont
elle avait cru l'entourer était rompu pour jamais.
Personne après elle ne prétendrait plus à changer
son cœur ni sa vie, personne ne se dévouerait plus
pour l'arrêter sur la route où le poussait son mauvais
destin. Quelques mots enfin, et il recouvrait le droit
de vivre seul, avec les jouissances farouches de son
ancienne liberté ! Mais ces quelques mots, il ne songeait plus à les dire.

Il ne ressentait plus rien contre Marcelle que du
dépit : il lui en voulait d'être passée près de lui sans

l'avoir vu ! — Sa lourde main vint à tomber en ce moment sur la petite porte pratiquée dans la claire-voie ; il s'aperçut qu'elle n'était pas cadenassée. L'ouvrir, s'élancer dans le jardin, courir jusqu'à la première plate-bande, y cueillir la tête tout entière d'une superbe julienne en fleur, tout cela ne fut qu'une seconde. Il rentra dans la grande cour en passant par les granges : la cour était vide, la fenêtre de la chambre de Marcelle était ouverte... Il y jeta les fleurs qu'il venait de couper.

Mais à peine s'étaient-elles échappées de ses mains qu'il douta si c'était bien lui qui avait fait cela. Lui ! cueillir des fleurs, les jeter sur la fenêtre d'une femme ! Il sortit de la cour comme un enfant qui craint d'être surpris en faute, sans oser regarder derrière lui. En passant devant la salle basse, il avait entendu pourtant la voix de Marcelle : la jeune femme n'avait donc pas eu le temps de rentrer dans sa chambre. Mais quand elle allait y revenir, en apercevant le singulier envoi tombé sur le bord de sa croi-

sée, qu'allait-elle croire? — Il pensa qu'il venait
d'être le jouet de quelque puissance supérieure, et
ce mouvement extraordinaire auquel il avait obéi en
cueillant la julienne n'était rien de moins en effet
qu'un miracle de l'ange qui l'emportait dans la lutte
et le raillait encore, non content de l'avoir battu.
— Une chose le rassurait pourtant : Marcelle en trouvant ces fleurs ne pouvait supposer même un instant
qu'elles venaient de lui. S'il avait commis un trait de
folie, personne ne le saurait donc que lui-même. —
Il résolut d'en finir, après tout, avec ce nouveau
souci, beaucoup trop petit à son gré pour l'occuper
si longtemps, et pressant le pas, il suivit décidément
pour cette fois le chemin qui menait à la pièce où
les Normands engagés depuis une semaine travail-
laient alors à la récolte des colzas.

Il fallait, pour y arriver, traverser, dans toute sa
largeur, ce vaste plateau. Jacques marcha, pendant
une demi-heure, au milieu d'une mer d'épis dont
la moisson aussi était prochaine. Au sortir des blés,

comme il allait atteindre la région déjà dépouillée des colzas, il fit une courte halte. Un petit pacage interrompait à cet endroit la longue suite des champs, et, des deux côtés, bordait le chemin. Là, sous de magnifiques trembles qui dressaient leurs blancs spectres sur le talus, agitant, au vent léger du midi, leurs clochettes vertes, trois hommes étaient assis, et l'un d'eux, se levant précipitamment à la vue du bourgeois de la Grange-Dame-Rose, se mit à pousser son chien de la voix contre une douzaine de moutons dispersés sur la pâture. C'était Choblet avec Finaud.

Jacques ne s'étonna point de rencontrer le berger, et ne songea pas même à regarder les deux autres hommes. Ses yeux s'étaient arrêtés d'abord sur la grande pièce qui s'ouvrait au bout du pré, et où les trente batteurs de la Grange-Dame-Rose battaient le colza sur d'immenses toiles. L'air s'imprégnait de la grasse odeur de l'huile, les fléaux sifflaient et retombaient avec un bruit sourd, qui semblait se pro-

longer au fond de la terre; les graines s'échappaient
des longues gousses de la plante et couraient sur les
toiles; les femmes et les enfants ramassaient la paille
et la disposaient en meules au bord du chemin. Le
bourgeois satisfait reprit sa marche, et il allait traverser le pacage, lorsque les compagnons de Choblet,
restés assis sous les trembles, se levèrent à leur tour.
Le plus âgé vint au devant de lui. Jacques l'examina;
ce visage de renard ne lui était pas inconnu; cette
tête petite et pointue sur un corps énorme, la tournure alerte du personnage, cette graisse agile et si
adroitement portée, tout cela réveillait en lui des
souvenirs que la vue du second et du plus jeune de
ces deux hommes fixa tout à coup. Celui-ci s'avançait
aussi, mais d'un air de mollesse des plus significatifs.
Quoiqu'il affectât de son mieux ce fameux *dandine-
ment* qui est le *nec plus ultra* de l'aisance et de la
grâce parmi les hauts galants du pays, il était aisé
de voir que, seul, il n'aurait jamais songé à aborder
le Californien, et que l'exemple même du vieillard

ne lui persuadait point qu'on pût oser cela sans péril.
C'était bien les deux Magloire.

En les reconnaissant, Jacques frémit de la tête aux
pieds. En ce moment il songeait trop à Marcelle pour
que la première pensée qui lui vînt à l'aspect de
Pierre ne fût pas celle de leur précédente rencontre
sur le pâtis, devant la Louvette. Il se fit pourtant violence, et chercha seulement à éviter le vieux Magloire, en quittant brusquement le chemin. Mais le
hasard, sans doute, fit qu'à cet instant Choblet regarda Finaud, et que Finaud se mit à presser si vigoureusement les moutons, qu'ils se serrèrent les uns
contre les autres en bêlant, et que le passage s'en trouva
barré. Jacques voulut percer cette muraille de laine ;
mais Magloire le père avait eu le temps de le rejoindre.

Cependant quelles que fussent les ressources de
son esprit et de son savoir, lorsqu'il se vit là, sous le
regard de son terrible voisin, l'ancien maître d'école
s'aperçut que sa grammaire et son astuce lui faisaient
défaut tout ensemble.

— Hé! hé! dit-il gauchement, et seulement pour ne pas rester sans rien dire, vous voilà donc redevenu des nôtres, monsieur Bongenoux?

— Eh, oui! le voilà des nôtres, répéta comme un écho Magloire le fils.

Et de l'autre côté du chemin, Jacques entendit, comme un second écho, le glouglou de Choblet. Il fit un pas sans répondre, car Finaud qui, semblable en tout à son maître, ne péchait jamais par excès de zèle, s'était bientôt assis sur l'herbe, et, le petit troupeau se dispersant, le passage redevenait libre. Mais, tout doucement, Magloire le père étendit la main.

— Quand je songe, reprit-il d'un ton pensif en envoyant à demi ses yeux vers le ciel, quand je songe, monsieur Bongenoux, que nous pourrions être amis, comme des voisins du bon temps!

Mais le rusé compère avait compté sans son fils, qui jugea que son tour était venu de parler.

— Oh! oh! dit-il d'une voix qui voulait être assurée, oh! oh! bien vrai pourtant que je n'y mets guère de noirceur ; car notre procès pourrait bien faire son petit tour de France si j'étais méchant.

Cette balourdise équivalut à un trait de génie. Pierre venait de prendre, sans le savoir, le seul moyen de retenir Jacques.

— S'il s'agit des intérêts de mademoiselle Bongenoux, répliqua celui-ci de sa voix sourde, expliquez-vous tous les deux. Quel procès entendez-vous ? Est-ce cette ridicule affaire que vous aviez suscitée à mon oncle ? Je vous attends, parlez. Êtes-vous venus jusqu'ici pour m'offrir un accommodement ?

— Dame ! interrompit Magloire le fils, on pourrait s'entendre. Il reste encore dans le champ les roues de mon tombereau et quelque chose du timon.....

— Ce qu'il reste, ce qu'il reste ! s'écria le maître d'école dont la petite tête se mit à tourner comme une girouette au sommet d'une tour. Eh ! Magloire, n'as-tu pas honte ? Penses-tu bien encore à chicaner M. Bongenoux et sa demoiselle pour un peu de ferraille et quelques mauvais morceaux de bois ! S'il ne s'agissait que de cela, mon garçon, l'affaire serait bientôt faite, dussions-nous acheter le chemin.

— Acheter ! répéta Pierre.

Ce mot malsonnant lui déchirait les oreilles. Le *nous* que son père employait depuis le commencement de ce singulier colloque l'inquiétait et le mettait hors de lui. Il y avait neuf ans que Magloire le père n'avait dit : nous.

— Eh ! sans doute nous l'achèterions, continua pourtant le maître d'école, avec un imperturbable sang-froid, et à quelque prix que nos voisins veuillent nous le mettre ; dussé-je te prêter de l'argent, Magloire, si tu en manquais. Ah ! c'est que nous voulons nous accommoder, *nous autres.* Vois-tu, mon garçon, quand on a toujours le nez sur son argent, on n'aperçoit rien au delà. Est-ce que tu regretterais tes écus si tu devais aller toi-même les porter à la demoiselle ?

Le glouglou de Choblet se fit entendre pour la seconde fois, et Pierre aspira bruyamment l'air frais qui courait sous les trembles.

— Tenez, monsieur Bongenoux, reprit Magloire le père en topant un coup sur son ventre, il ne faut pas que vous nous soupçonniez de finasser avec vous. Parlons franc. Je veux que vous me preniez pour un ignare et un lourdaud, ni plus ni moins que tous les gros bonnets du Josas, si nous avons eu seulement l'idée de vous attendre ici. Mais puisque nous y voilà tous trois, je suis de votre avis, c'est le bon moment pour nous expliquer ensemble. On doit saisir l'occasion aux cheveux, c'est le grand Béranger qui l'a dit; un honnête homme celui-là! Eh bien, oui, que diable! il faut que nous signions la paix. Laissez-nous donc passer une fois sur votre champ, ne serait-ce que pour le débarrasser en remmenant chez nous le tombereau de Magloire. Les robes rouges d'Orléans discourront après ça tout à leur aise; nous n'aurons plus besoin de leurs belles phrases. — Allons, voisin, feu votre oncle ne nous aimait guère, et, foi de Bongenoux, je n'ai jamais bien su pourquoi. C'était un brave homme, mais pas plus lettré qu'un mouton. Vous avez la tête

dure, vous autres Bongenoux. Les idées y entrent
comme des coins de fer dans un morceau de chêne;
et si avant qu'elles ne peuvent plus en sortir. N'allez
pas vous fâcher. Je ne dis que ce que j'ai toujours
vu, et je suis clairvoyant, moi. Votre oncle ne s'était-il
pas imaginé que je l'avais dénoncé au préfet, dans le
temps qu'il était maire, parce qu'il avait pendu une
serviette blanche au lieu du drapeau tricolore à la
fenêtre de la mairie! Il avait reconnu ma main : la
belle preuve! On aura imité mon écriture, voyez-vous;
il ne manquait pas de vauriens qui la connussent,
puisque c'était moi qui avais appris à écrire à tout le
canton. Eh bien, jamais on n'en a voulu démordre
à la Grange-Dame-Rose... Bon! vous avez envie de
rire, monsieur Bongenoux; ne vous gênez pas. Riez,
riez donc; il y a de quoi. Mille bombes! comme disait
le maréchal Soult quand il était à la tribune, qui
voudrait croire que nous nous sommes chicanés pendant neuf ans pour un lopin de terre et pour un
tombereau?

Jacques, en effet, souriait, car depuis le commencement de ce long discours, le mépris et la colère montaient au dedans de lui comme la houle. Il regardait alternativement ces deux hommes. Non, sa rencontre avec eux ne pouvait être un hasard ; c'était une scène préparée d'avance, un complot imaginé par le père et auquel le fils s'était empressé de prêter les mains ; ils étaient d'accord en venant sous les trembles. Et alors que voulaient-ils ? Pourquoi maintenant le vieux Magloire semblait-il trahir son fils?

— Après tout, reprit-il en finissant, si vous ne voulez point céder, monsieur Bongenoux, je vous le répète, nous achetons le chemin.

Pierre, qui jusqu'alors s'était toujours tenu à quelque distance, s'élança en avant.

— Encore ! s'écria-t-il d'une voix presque inarticulée qui ne passa qu'en sifflant entre ses lèvres. Acheter ! est-ce de votre poche? Me laisserez-vous signer l'acte au moins? Depuis quand êtes-vous donc redevenu le maître à la Louvette?

— Mettons que je sois redevenu le maître, répliqua Magloire en aspirant avec un calme parfait sa prise de tabac. Si cela pouvait te rendre service que je te rachetasse ton bien, mon garçon?...

Mais Pierre entendit mal ces dernières paroles qui l'auraient éclairé sur la conduite de son père. La rage le rendait aveugle et sourd.

— Acheter le chemin ! continua-t-il ; acheter le chemin !....

— J'achèterais le monde entier, moi, fit le maître d'école avec bonhomie.

— Je vous l'ai dit pourtant, hurla Pierre, oui, je vous l'ai dit que la bourgeoise ne voulait pas même nous le vendre. Acheter le chemin ! Elle ne veut pas s'accommoder, tonnerre! je le sais bien, puisqu'elle n'a pas répondu à ma lettre...

Il n'acheva point. Jacques l'avait saisi par le bras.

— Elle ne vous a pas répondu? fit-il. Vous lui avez donc écrit?

Pierre essaya en vain de se débattre contre cette

formidable étreinte. La main de fer semblait rivée à son poignet réputé si formidable pourtant dans tout le Josas. Il voulut parler et ne put répondre à Jacques que par un signe négatif. Mais celui-ci ne s'en contenta point.

— Qui vous a dit alors qu'elle ne voulût pas s'accommoder? lui demanda-t-il. Et, sans lui lâcher le bras, il se retourna vers le maître d'école pour l'interroger à son tour.

Mais la place était nette autour de lui. Choblet s'enfonçait sous les trembles ; Magloire le père avait reculé tout doucement jusqu'au bord du chemin.

— Tu reviendras me chercher, Magloire! cria-t-il de loin à son fils en s'éloignant à reculons, car tu auras besoin de moi plus tôt que tu ne le penses. J'avais pourtant bien compté te rendre un service en te réconciliant avec M. Bongenoux, mais tu ne feras jamais que des sottises. Je m'en lave les mains.

Et là-dessus il tourna le dos. Mais Jacques avait à peine entendu ce dernier cri de l'amour paternel. Il laissa retomber le bras de Pierre et s'éloigna sans même le regarder.

X

Magloire avait écrit à Marcelle! Jacques voulait voir cette lettre. Pourquoi la jeune femme la lui avait-elle cachée? Il marchait à grands pas, et chacune de ses réflexions le poussait à marcher plus vite. Plus il réfléchissait à l'odieuse découverte qu'il venait de faire, moins il réussissait à la comprendre. Que renfermait cette lettre? Depuis quand Magloire l'avait-il écrite?

Le secret que Marcelle avait gardé le préoccupait plus fort que tout le reste. Ce qu'il éprouvait contre elle était bien plus que du ressentiment, c'était comme un mal inconnu qui lui serrait l'âme. Si la jeune femme avait cru devoir se taire, il fallait donc ou

qu'elle ne vît pas en lui son défenseur naturel, ou que
la lettre de Magloire contînt des choses qu'il ne devait
point lire. Si cette lettre n'avait été qu'un tissu de
bassesses ou qu'une grossière insulte, elle n'aurait
pas hésité à la lui montrer. Mais Magloire en était
revenu sans doute à ses anciennes prétentions de
galant; il n'avait pas laissé échapper cette occasion
de renouveler à la grande dame rose l'offre de sa
main! Voilà ce que Jacques se promettait d'éclaircir
dès les premiers mots, en revoyant Marcelle, et il
voulait la revoir à l'instant même, dût-il la trouver
tenant encore le bouquet de julienne. Ce ruban de
route lui semblait interminable : les bâtiments de la
Grange-Dame-Rose lui apparurent enfin au bout du
Bloquage; il se mit à courir en dévorant des yeux
l'étroit espace qui le séparait encore de sa cousine.

Mais, en arrivant devant la porte de la ferme, il recula, comme un voyageur que les livres et sa propre
expérience ont mis sur ses gardes recule pourtant
devant les fantômes moqueurs du mirage qui se

jouent sur le chemin. Qu'apercevait-il dans la grande
cour? N'était-ce, en effet, que le fantôme d'une voiture? Était-ce la voiture elle-même? Une voiture bourgeoise, des plus bourgeoises, ce qu'on appelle toujours
en bon lieu une *demi-fortune;* c'est-à-dire une
boîte presque élégante attelée d'un gros cheval
mecklembourgeois, qui venait du Perche en droite
ligne, et surmontée d'un cocher sans poudre,
il est vrai, mais non pas sans livrée, puisqu'à sa
longue redingote couleur de pain d'épice il avait des
boutons d'argent, et à son chapeau une cocarde!
Jacques songea aux carrioles des épouseurs qui
s'étaient arrêtées jadis dans la cour, justement à la
même place que la demi-fortune, et il se demanda si
la manie des jeunes fermiers n'avait point gagné à
leur tour les vieux hobereaux du Josas, demeurés
garçons jusqu'alors. La grande dame rose allait-elle
avoir un nouveau siège à subir?

Mais si le maître de la voiture était vraiment un
épouseur, la maîtresse de la ferme ne semblait pas

disposée pour cette fois à se montrer inhospitalière.
Un effroyable tumulte régnait en effet à la Grange-
Dame-Rose, de la cuisine à la basse-cour, de la lai-
terie au jardin et de la cave aux offices : c'était le
branle-bas d'un festin. Les servantes allaient et venaient, les unes chargées de victimes encore palpi-
tantes, les autres de crèmes et de fruits ; elles s'inter-
pellaient de loin, chuchotaient à qui mieux mieux
en s'abordant, et n'oubliant point en ce remue-ménage
les intérêts sacrés de leur sexe, elles ne passaient
jamais sans lui jeter un traître coup d'œil devant le
bel automédon galonné qui sommeillait sur son siége.
Et puis elles reprenaient en trottinant le chemin de
la cuisine d'où le bruit des tournebroches montait
sourdement et se répandait par toute la ferme comme
la rumeur lointaine d'une révolution. Jacques ne s'a-
visa point d'interroger les maritornes, car il savait
bien qu'elles seraient mortes plutôt que de lui répondre, tant il leur faisait grand'peur à toutes ; il gra-
vit le perron, et entra dans la maisonnette. Il y avait

là, au rez-de-chaussée, en face de la salle basse, une grande porte devant laquelle feu Marcel Bongenoux ne passait jamais de son vivant sans se frotter les mains; mais qu'il ne permettait d'ouvrir qu'une fois l'année, le jour de sa fête. C'était la porte du salon qu'un quart de siècle auparavant il avait meublé tout de neuf et qui demeurait toujours le plus beau du pays: elle était rouverte!

La tapisserie rouge resplendissait de la même fraîcheur qu'au premier jour; les housses grises des fauteuils de velours étaient tombées comme d'elles-mêmes; la pendule représentant un berger dans le costume du temps de Louis XV et jouant de la flûte auprès de sa bergère, la pendule était sans voile et les candélabres de zinc s'étaient soudainement armés de bougies neuves. Marcelle était assise au milieu du salon, et quatre personnages inconnus y étaient assis autour d'elle. En apercevant son cousin sur le seuil, elle ne se hasarda pas à l'appeler : Jacques le sauvage aurait bien pu faire semblant de ne pas l'entendre.

Elle se leva, vint à lui, le prit doucement par la main,
et le conduisit devant les quatre étrangers, à qui elle
le présenta.

Ce fut ainsi que l'heureux Jacques apprit, sans y
avoir été préparé, qu'il aurait pu, dans sa misère,
trouver ailleurs qu'à la Grange-Dame-Rose un asile
et des cœurs compatissants. En vérité, il n'était point
apparenté qu'à Marcelle Bongenoux et à des bourgeois de campagne; il comptait encore, l'hiver à
Paris dans le beau monde, l'été dans une charmante
villa du Josas, deux cousins et une cousine de l'existence desquels assurément il ne se doutait guère ou
ne se souvenait point! Et deux heures auparavant
Marcelle ne s'en souvenait pas mieux que lui. De leur
côté, le bon, l'opulent et par conséquent l'honorable
M. Jonchette et son honorée famille avaient eu le
malheur de vivre jusqu'alors dans la même ignorance
à l'égard de leur riche cousine. Mais le hasard est
un grand maître : un jour il s'était plu à les éclairer,
et dès qu'ils avaient connu la demeure de leur chère

parente, ils y étaient accourus. — Après ces explica-
tions faites à demi-mot, Marcelle pressa la main de
Jacques. Il obéit à cet ordre muet et salua comme
un automate.

Quand on a souri pendant quatre lustres du même
sourire humble et complaisant derrière un comptoir,
quand la fortune est faite et que l'heure serait venue de
se venger, qu'on roule carrosse tout comme un oisif par
droit divin, qu'on n'aspire plus qu'à gouverner son
pays pour lui faire aimer la gloire et la guerre, quand
on n'envie personne au monde, qu'on chérit le peuple
et qu'on n'a point peur des pauvres gens; quand on
veut enfin marier sa fille à un homme titré, par
mépris pour la noblesse, et son fils à une paysanne
semi-millionnaire parce qu'on n'a pas de préjugés, il
est toujours bien doux de rencontrer sur son chemin
un parent inconnu qui porte la blouse ! En venant
avec tant d'empressement visiter sa riche cousine,
M. Jonchette ne s'était pas attendu à un cousin. Il
se leva donc à l'approche de Jacques, battit avec sa

main gauche une ou deux mesures sur le fond de
son chapeau neuf qu'il tenait posé sur sa cuisse droite,
inclina légèrement la tête avec un petit froncement
de lèvres et sans desserrer les dents, et il ne démentit
pas en cette conjoncture la belle réputation d'homme
sérieux qu'il avait toujours eue depuis qu'il était riche.
Quant à madame Jonchette, elle essaya certainement
de se soulever sur son fauteuil, mais en vérité elle
ne put y réussir. Si elle ne regarda pas Jacques, ce
ne fut pas par une vaine affectation de dédain, mais
parce qu'en ce moment elle n'avait d'yeux que pour
sa fille.

Au terrible aspect de ce terrible cousin, mademoiselle Élise Jonchette avait poussé tout d'abord un
petit cri qui témoignait avant tout d'un peu d'effroi,
mais aussi de beaucoup de candeur et d'étonnement;
elle pâlit, rougit, sembla se rassurer pour un instant,
fit une profonde révérence, en considérant du coin
de ses yeux qui voulaient être beaux le bout de ses pieds
qui voulaient être petits, et, par un mouvement de

chevrette effarouchée, avant de reprendre place sur
son siége, elle le rapprocha de celui de sa mère.
M. Victorin Jonchette, quant à lui, fit une bien meilleure
contenance que sa sœur, car, étant assis, il se contenta de s'enfoncer plus solidement sur sa chaise et
de sourire en homme que rien ne surprend plus;
puis il haussa doucement les épaules et jeta les yeux
au plafond.

Tandis que Jacques le rustre errait au désert, M. Victorin, noblement élevé dans l'arrière-boutique par
madame sa mère, y avait trop facilement appris d'un
tel maître ce grand art d'être impertinent, qui, de
tout temps, fit la gloire de nos gentilshommes français. — On ne pouvait avoir moins d'esprit, mais le
peu qu'il en avait faisait balle et tuait les gens, et si
Jacques avait seulement aperçu les grands airs de
son cousin, il n'aurait point manqué d'en être écrasé.
Mais il était si loin de les voir! Certainement il ne vit
pas mieux le regard de M. Jonchette le père, ni sa
longue figure rectangulaire où tant de bienveillance

était peinte, ni la colère de madame Jonchette, cachant sous le large nœud du ruban de son chapeau les bondissements nerveux de son double menton, ni les mines ingénues de mademoiselle Élise, coquettement assise sur l'extrême bord de sa chaise, comme si elle eût été toujours prête à s'enfuir, et faisant onduler son cou potelé comme une jeune cane blanche qui s'essaye à imiter un cygne. Il ne songeait à regarder que Marcelle : mais il cherchait inutilement à son côté; elle n'y avait pas mis la branche de julienne.

Marcelle ne le regardait point. Elle aussi pourtant commençait d'oublier tout le reste, et ne voyait que lui. Les yeux de Jacques attachés sur sa ceinture firent glisser en elle d'abord un soupçon, puis une subite clarté qui la remplit tout entière : ce mystérieux envoi, ces fleurs tombées dans sa chambre, et que, dans un premier mouvement, elle avait failli jeter loin d'elle, croyant à une nouvelle galanterie de Magloire, ces fleurs venaient de Jacques! Comment ne l'avait-elle point deviné ? — Il n'y avait que sa main, pourtant, sa main de colosse qui pouvait s'être appesantie d'une si rude façon sur la pauvre julienne, et, pour en cueillir une branche, avoir saccagé toute la plante. — Cette idée la fit sourire ; — puis elle s'aperçut qu'elle se laissait aller vraiment à penser, comme si en ce moment elle eût été seule. Elle voulut échapper à ce regard fixé sur son côté comme un reproche ; elle voulut relever les yeux vers ses hôtes, empêcher qu'ils ne surprissent son secret, faire acte de courage enfin, et parler. Mais lorsqu'elle vit ces quatre visages armés contre Jacques, elle ne se sentit plus de force que pour entrer en révolte et pour le défendre : peu s'en fallut qu'elle ne se levât brusquement et qu'elle ne quittât la chambre. Une seconde de réflexion la retint ; mais le sentiment qui l'avait portée tout d'abord à recevoir avec effusion ces parents inconnus venait d'être tari dans sa source ; elle se dit que c'était beaucoup de ne point les punir du mal qu'ils lui faisaient, et demeura muette. —

Par bonheur, la porte du salon se rouvrit, et une servante apparut, tenant roulée dans sa main la serviette blanche qu'on lui avait dit de mettre sur son bras : le dîner était servi.

On se leva. Jacques marcha près de sa cousine. Comme Marcelle allait dépasser le seuil de la pièce, elle crut entendre la douce voix de mademoiselle Élise qui faisait observer à son frère que *le cousin*, pour se mettre à table, aurait au moins pu prendre sa veste ; sur quoi l'impitoyable Victorin répondit fort gaiement qu'il n'en avait peut-être point. — Marcelle était alors au pied de l'escalier ; elle le franchit en quelques bonds, entra dans sa chambre, et reparut aux yeux stupéfaits de ses convives qui l'attendaient toujours dans le couloir, ayant l'énorme touffe de julienne à son côté.

Jacques détourna vivement la tête. A la vue de cette ridicule pyramide de fleurs, mademoiselle Élise, pour le coup, n'y tint plus. M. Victorin, au contraire, reprit un air grave, et madame Jonchette, outrée d'avoir attendu, regarda son mari. Mais M. Jonchette était un politique, et le rapide coup d'œil par lequel il répondit à sa femme le prouva bien. En épouse docile, madame Jonchette prit donc la main de sa *petite* cousine : en fille intelligente, mademoiselle Élise lui prit l'autre main, et ce fut ainsi unies toutes les trois qu'elles entrèrent dans la salle à manger. Là, comme elles allaient se séparer pour gagner chacune leur place à table, la mère et la fille, par un même mouvement, entourèrent de leurs bras la taille de Marcelle et lui donnèrent chacune un baiser.

Le bon baiser que celui-là ! L'âme franche et vive de madame Jonchette en déborda : l'excellente mère ne craignit plus d'avouer à Marcelle que, lorsque sa fille Élise avait pour la première fois entendu parler de leur chère parente, la pauvre enfant en avait eu les larmes aux yeux. Quant à M. Victorin, sceptique et railleur comme les jeunes hommes de son temps, il avait voulu rire de ce qu'il nommait la découverte d'une cousine : mais on ne trompe point un œil ma-

ternel, et madame Jonchette avait su pénétrer l'émotion de son fils.

Cette découverte, comme Victorin le disait avec
tant d'esprit, n'était rien moins en effet qu'un miracle
du hasard. M. Jonchette était Bongenoux par sa mère,
qu'un mariage avait éloignée de son pays natal, il
n'y avait guère plus de quarante ans. Mais il n'avait
jamais eu d'autre rêve que de revenir dans le Josas, d'y
reprendre les mœurs pures des ancêtres, et d'y vivre
enfin de toutes les douceurs de l'églogue, après avoir
vécu trente ans à Paris des aimables folies du négoce.
Or, il venait précisément d'acheter une villa dans le
canton. Une maison en briques, dans *l'ancien* style,
qui ressemblait à un château de cartes, un parc dans
le goût moderne avec un kiosque turc, deux pavillons
chinois et une pagode, quelques vieux arbres qu'on
méditait d'ébrancher, n'osant les abattre, de superbes
pelouses de gazon anglais qui se tenait tout droit
sans le secours de machines ni de fils de fer, deux
jets d'eau que le valet de chambre de monsieur ali-

mentait secrètement tous les matins à l'aide d'une
grande carafe, des avenues bien ratissées, un pano-
rama fait à souhait, et par-dessus tout le voisinage
d'une baronne, la baronne de Saint-Némorin, telle
était la demeure de l'heureux Jonchette.

Les Saint-Némorin, grande maison alors tombée
en quenouille, sortaient du fond de la Touraine (ce
qui voulait dire du fond de la rue de Breda). La baronne, femme d'un grand air, s'était fait voir aux
Jonchette dès le jour même de leur arrivée dans le
pays, et tout aussitôt ils s'étaient déclarés vaincus;
car qu'y a-t-il de plus cher que l'amitié d'une baronne aux vrais ennemis de la noblesse? Madame de
Saint-Némorin portait de gueules au vautour d'or,
et cet emblème effrayant n'empêchait point qu'elle ne
fût la bonté et la vertu même. Bien que jusqu'alors
elle n'eût jamais eu d'autre société dans le canton
que celle d'un jeune cousin de vingt ans qu'elle élevait par bienfaisance, elle connaissait son Josas à
fond; et c'était la veille même, après le dîner qu'elle

venait d'offrir à ses nouveaux amis, en causant fa-
milièrement avec eux de tous les gens marquants du
pays que, toujours par hasard, elle leur avait nommé
mademoiselle Bongenoux !

Toute la famille Jonchette, à ce nom, s'était trouvée
debout. La baronne avait voulu continuer, on ne l'é-
coutait plus : le cœur des Jonchette en savait assez.
Le matin, dès dix heures, M. Jonchette avait demandé
sa demi-fortune : les dames attendaient, on était parti
pour la Grange-Dame-Rose. Quelle joie d'avoir retrouvé Marcelle ! — Ce n'était pas une éloquence à
courte volée que celle de madame Jonchette, car elle
puisait à chaque instant de nouvelles forces dans la
chaude sincérité des sentiments qui l'inspiraient. —
Mais, hélas ! il en est du cœur humain, du cœur humain même d'une bonne mère qui plaide pour son fils
bien-aimé, comme d'une lyre : quand l'artiste a longtemps flatté la corde et qu'elle est lasse, s'il veut la
serrer, elle se brise.—Lorsqu'elle sentit venir ce moment suprême, la terrible minute où les pieux ar-

-tifices de son âme excellente et de sa plus belle voix allaient s'éteindre, madame Jonchette implora son mari d'un regard, et ce regard suppliant, décrivant autour de la table un cercle désespéré, vint expirer sur son fils. M. Jonchette, à son tour, regarda sa fille ; mais l'ingrat Victorin ne regarda que son assiette.

Jeune de cœur à vingt-cinq ans, comme si vraiment il n'en avait eu que soixante, frais de visage d'ailleurs comme un fils de famille qui sait le prix de ses charmes et s'économise, mais menacé de l'embonpoint de sa mère, à qui il ressemblait, M. Victorin sentait bien que puisque, en dépit de ses regrets, le ciel lui avait départi une si grasse personne, il lui fallait dans la vie une large place : mais cette place, il trouvait fort naturel que ses parents la lui fissent, puisque enfin, s'étant enrichis, il ne leur restait plus rien à faire. Il était venu à la Grange-Dame-Rose sur la foi de sa mère, et il avait consenti le plus modestement du monde à plaire à sa cousine et à l'épouser, mais à condition que cette conquête ne lui coûterait point d'efforts et qu'on parlerait pour lui jusqu'au moment du contrat, où il se promettait bien de rompre le silence. A cette heure il se repentait un peu de sa faiblesse, et, s'il eût été capable de s'en vouloir jamais à lui-même, il se fût blâmé de sa crédulité qui l'avait amené à cette table, près de son cousin de la blouse. Cette visite et ce dîner lui semblaient une vaine et sotte comédie; il se riait tout doux de sa mère, qui se consumait pour le servir en efforts tout à fait plaisants; de son père qui s'imaginait ne pas le servir moins par son silence; de sa sœur qui préparait au contraire ce qu'elle allait dire et qui fourbissait les armes de son sexe; de Marcelle surtout, sa brune fiancée, la future madame Jonchette! Il n'y avait que Jacques qui ne le fit point rire; et il avait de moins en moins envie de quitter sa belle réserve et de parler, car il n'était pas homme à déroger, en ouvrant la bouche devant un rustre. — Et cependant il releva la tête, fixa un instant sur Marcelle ses yeux bleus, ses traîtres yeux qui pétillaient d'une moquerie si finement cachée, fit entendre un mot de compliment, d'une voix si grêle et si criarde qu'on aurait dit d'une troupe de poussins qui pépient autour de leur mère; puis il finit par un léger salut, et ce fut tout. Mademoiselle Élise, par bonheur, avait eu le temps de ceindre les armes qu'elle venait de fourbir.

Comme son frère, elle parlait très-haut, mais ne lui ressemblait en aucune autre chose. C'était une fleur à longue tige, une fleur du printemps, et l'on prévoyait que l'été ne se passerait point sans qu'elle montât en graine. On sentait de même que ses grâces auraient été moins parfaites, si ses sages parents n'eussent pris soin de les faire doubler de tant de talents d'agrément qu'elle donnait à elle seule l'idée de tout un Parnasse. Charmante enfant, candide visage, doux portrait du visage jaune de son père, elle avait un sourire sec et rapide qui passait entre ses deux lèvres trop minces comme un trait de plume fait à l'encre rouge. Bon petit cœur d'or, elle professait un véritable culte pour le superbe Victorin qui le lui rendait quelquefois ; son amour pour sa mère tenait seulement de l'extravagance ; ce qu'elle réservait à son père était de la folie ; ce qu'elle ressentait déjà pour sa cousine était du délire. — Elle reprit la main de Marcelle qui l'avait placée près d'elle à table ; elle lui dit, retrouvant ces chères larmes dont madame Jonchette venait de parler si indiscrètement et qui n'étaient encore séchées qu'à demi, elle lui dit qu'elle se regardait déjà comme sa petite sœur ; qu'elle avait toujours rêvé d'avoir une amie que sa mère lui permît d'aimer ; que tous ses souhaits étaient remplis et qu'elle se sentait en ce moment aussi heureuse que si, là, devant elle, on mariait son frère ! Et puis, après ce dernier trait digne en tout d'un diplomate de la vieille école, elle ne dit plus rien, quoiqu'elle eût encore beaucoup de choses à dire. — La candide, la naïve, l'ignorante Élise venait tout à coup d'apercevoir ce que jusqu'alors personne n'avait aperçu. Ce qu'elle voyait, elle le fit voir d'un signe à sa mère : c'étaient les deux yeux sombres de Jacques toujours

12*

cloués sur la julienne que Marcelle avait au côté.

Et le parfum violent de la fleur montait au visage
de Marcelle par brûlantes bouffées. Il ne s'agissait
plus comme la veille de quelques vaines fumées d'es-
pérance : c'était la première ivresse réelle de l'amour.
Mais si grand que fût son trouble, ce qui se passait
autour de la table ne pouvait lui échapper ; elle veillait pour elle-même, elle veillait surtout pour Jacques ! — Lui ne voyait et n'entendait rien. Les rires
de M. Victorin, les jolies frayeurs d'Élise et le silence
de M. Jonchette n'avaient pu l'atteindre ; il ignorait
même que l'éloquente madame Jonchette eût parlé.
Marcelle frémissait : froide et muette, elle ne répondait même plus d'un signe au feu roulant de ses convives ; elle attendait avec des tressaillements de colère
un mot, un seul, qui parlât de ce cher sauvage qu'elle
voulait maintenant aimer à la face de tous. Rien !
Il y avait concert de mépris. On ne voulait point voir
que Jacques était là ; on voulait même ignorer qu'il
fût au monde. Madame Jonchette s'empressa de trans-

mettre l'observation ingénue de mademoiselle Élise
à M. Victorin qui la transmit à son père : Marcelle
saisit le signe au passage.

Ces quatre importuns n'étaient donc venus à elle
que pour juger et condamner son bonheur ! Son silence marqué ne les déconcertait point; ils ne semblaient pas même s'en apercevoir. Elle se leva tout à
coup et mit fin au dîner. On venait à peine d'apporter
le dessert. Mais, loin de s'arrêter à un vain dépit, madame Jonchette se trouva debout la première et passa
de nouveau son bras sous celui de sa chère parente.

— Ce cousin effrayant n'habite pas toujours la
Grange-Dame-Rose avec vous? lui demanda-t-elle
tout bas. Pauvre enfant! on pourrait médire.

— Qu'importe? répliqua Marcelle à haute voix.
Mon père le regardait comme son fils. C'est mon seul
parent, madame.

Et non contente encore de ce qu'elle venait de dire,
elle se retourna vers Jacques.

— Venez avec nous, lui dit-elle.

Jacques obéit machinalement, comme il ne cessait de le faire depuis quelques heures. Comme on regagnait le salon, sa blouse par hasard effleura l'habit de M. Victorin, qui affecta de s'arrêter un moment pour épousseter le bout de sa manche. En femme solidement vertueuse qu'un scandale accable, madame Jonchette, elle aussi, restait sur le seuil ; mais M. Jonchette, à qui elle barrait le passage, la poussa doucement du coude et entra.

C'était un homme de cœur et d'audace au fond que le taciturne M. Jonchette : lorsqu'il faisait du commerce, les crises avaient toujours été son triomphe; il savait à temps brûler ses vaisseaux. Les mains toujours croisées derrière le dos, dans l'attitude qui convenait à sa politique ambitieuse, il s'en alla donc en quatre belles enjambées jusqu'à l'autre bout de la chambre ; puis, revenant sur ses pas, il sembla s'étonner que tout le monde fût encore debout et avança lui-même un siége à Marcelle. — La jeune femme, avant de s'y asseoir, en attira résolûment un second

auprès d'elle et fit signe à Jacques d'y prendre place.
En ce moment, si le redoutable Jacques eût été seulement fait comme un autre rustre, M. Victorin sans
doute aurait éclaté. Mais M. Jonchette, sans prendre
garde à rien, vint s'accouder sur le fauteuil de sa cousine et se pencha vers elle. L'instant était venu.

— Une belle soirée, dit-il, et qui couronne bien
l'une des plus aimables journées de ma vie, mademoiselle Bongenoux. Ah ! rien ne vaut les fêtes de
famille !

— Et nous prenons date de celle-ci, s'écria madame Jonchette. Inscris sur ton petit carnet d'i-
voire, Élise, que c'est aujourd'hui le 16 juillet. Et
toi, Victorin….

— Oh ! moi, ma mère, fit le jeune Lauzun avec
son sourire, je me fie dans ma mémoire ; je sais bien
qu'elle suffira.

— J'espère qu'il en sera de même de la mienne,
répondit sèchement Marcelle.

— Nous l'espérons, nous l'espérons, reprit M. Jon-

chette avec force, en foudroyant son fils d'un regard.
Nous nous reverrons bientôt. Du château de la Jonchette à la Grange-Dame-Rose, qu'y a-t-il? un pas, et
c'est en se voyant beaucoup qu'on apprend à se bien
connaître. — Savez-vous que ma fille Élise est charmante? ajouta-t-il à l'oreille de Marcelle. Je ne dis
pas cela parce qu'elle est ma fille.

— Quel dommage que vous n'ayez pas de piano,
ma cousine ! reprit-il tout haut. Élise, dès ce soir,
aurait pu vous donner quelques échantillons de son
talent.

Le mot *échantillon*, qu'il employait toujours au
pluriel, était resté dans le vocabulaire de M. Jonchette
comme le vin dans le fond du verre. En montrant les
deux yeux de sa fille, il disait: « Deux échantillons
de candeur. »

—Mais, mon ami, s'écria madame Jonchette, Élise,
grâce à Dieu, est assez bonne musicienne pour chanter sans accompagnement. Ne lui avons-nous pas fait
donner des leçons à dix francs le cachet?

— A dix francs le cachet! répliqua M. Jonchette
en se frappant le front. Eh parbleu rien n'est plus
vrai. Qui devrait s'en souvenir mieux que moi qui les
ai payées? Je les ai payées, ma foi, en même temps
que ce fameux chambertin à quatorze francs la bouteille... Le croiriez-vous, ma cousine? Cet hiver, on
m'a ruiné.

Mais mademoiselle Élise se mit à secouer la tête d'un
air mutin et à frapper du pied, comme si déjà elle
battait la mesure.

— Oh! d'abord, fit-elle, je ne sais rien.

— Elle sait vingt morceaux de choix, s'écria
madame Jonchette; ne la croyez pas, ma cousine.
Elle sait trente morceaux, ce qui s'appelle savoir...
Mais, venez donc à mon secours, monsieur Jonchette.

— Allons, ma fille, dit M. Jonchette avec fermeté,
pas de fausse modestie. Tu chantes bien.

Élise se souleva sur son fauteuil, puis elle s'y laissa
retomber avec un petit air de découragement qui lui
seyait à ravir.

— Victorin, dit-elle d'une voix étouffée, n'est-ce pas que je ne suis qu'une ignorante?

— Peuh! répliqua négligemment M. Victorin. Ton maître, vraiment, n'était pas mauvais. Tu peux chanter, c'est moi qui te le dis. Surtout, ma chère enfant, point de musique italienne! Ce Rossini me fait horreur. Rien de grand, rien de profond, c'est un flûtiste. Parlez-moi des Allemands, Grétry, par exemple, le chevalier Gluck et le divin Mozart! Ah! il est bien Allemand, celui-là!...

— Il y a aussi le délicieux album de romances de M. Poncif, interrompit timidement madame Jonchette que l'érudition de son fils embarrassait toujours un peu.

— Oui, oui, va pour M. Poncif, répéta M. Jonchette, impatient de frapper le maître coup qu'il méditait. Les romances de M. Poncif! Qu'en pensez-vous, ma cousine?

— Ce que vous voudrez, balbutia Marcelle à demi vaincue.

L'entêtement de ses hôtes à demeurer là malgré sa froideur presque outrageante la confondait en ce moment bien plus qu'il ne l'indignait. S'ils ne s'étaient point attaqués à Jacques, elle aurait fini par les supporter sans se plaindre. Elle fit même un effort pour être polie.

— Chantez, mademoiselle Élise, murmura-t-elle; je vous en prie...

Jacques sembla se réveiller en sursaut. Il regarda Marcelle, puis Élise qui venait de se lever, puis M. Jonchette qui pressait sa fille des yeux et du geste: et comme si, à son tour, il se fût soumis, il baissa de nouveau la tête. Mademoiselle Élise avait déjà quitté sa place. Elle alla s'accouder sur le bord de la croisée tout en minaudant un prélude aussi joyeux pour le moins qu'un vent d'automne. La pauvre enfant tremblait à faire pitié. Ses yeux, voilés par l'émotion intérieure, s'élevèrent peu à peu pourtant jusqu'au ciel figuré par le plafond ; une vraie larme roula dans sa voix fluette où l'inspiration se faisait jour: elle com-

mença. Le flot de mélodie qui courut alors dans tout
le salon sembla transporter M. Jonchette. Il se pencha vers Marcelle :

— Ma cousine, ma cousine, lui dit-il, que ne puis-je
vous donner un nom plus doux! Hier encore, je ne
vous connaissais pas, et la nuit pourtant, qu'ai-je
rêvé? Ah! vous ne devinerez pas, j'en ferais la gageure... j'ai rêvé que vous étiez ma fille...

Un éblouissement se fit dans l'esprit de Marcelle.
C'était donc là le secret de l'admirable patience que
M. et madame Jonchette déployaient depuis une
heure. Elle ne répliqua pas, mais elle avança vivement son fauteuil, si bien que M. Jonchette,
perdant tout à coup son point d'appui, faillit compromettre sa gravité dans une chute que le hasard
seul lui évita. L'ancien marchand de soieries fut
héroïque.

— Continue, ma chère Élise, dit-il en souriant
et en se rassurant sur ses pieds.

Au vrai, mademoiselle Élise n'avait plus aucun

besoin d'être encouragée pour mener jusqu'au bout
la romance de M. Poncif (paroles du même). Son âme
impressionnable s'était bientôt enivrée des sons que
filait sa bouche. Oh ! la tendre et plaintive romance !
— C'était l'histoire d'un amant, un poëte, un enfant
de vingt ans que tue l'amour et l'étisie. Le bel azur
des cieux, hélas ! il ne doit plus le voir ; le chant des
oiseaux ne résonnera plus à son oreille dans les re-
traites vertes des bois ; il va tomber avec les feuilles
mortes ! — Et pendant ce temps, à travers la fenêtre
ouverte, le ciel souriait de ce vrai sourire qui semble
se moquer des mauvais poëtes et que M. Poncif n'a-
vait jamais vu ; des troupes effarées d'hirondelles ra-
saient les vitres ; un gazouillis confus s'échappait des
chaumes de la cour ; une fauvette à tête noire finis-
sait de chanter dans la haie vive du jardin. Jacques
se leva, et sortit du salon si brusquement qu'il
interrompit la chanteuse.

Madame Jonchette, pour le coup, cessa de se contenir.

— Hé! ma cousine! s'écria-t-elle, vous conviendrez bien cette fois que c'est un rustaud.

Marcelle ne réfléchit point à ce qu'elle devait répondre; l'indignation l'emporta sur l'austère prudence de son cœur. Par un mouvement rapide, elle saisit à son tour la main de madame Jonchette.

— Ce rustaud, lui dit-elle à demi-voix, a été l'ami de mon enfance; et il est..., il sera peut-être mon mari !

— Et vous ferez bien, ma foi, de l'épouser, répliqua madame Jonchette, dont la voix siffla comme une javeline. C'est votre lot, ma bonne, de rester fermière. Allons, ma fille, ajouta-t-elle, c'est assez chanter ici ; il faut retourner au château.

Ainsi va le monde. Cette entrevue commencée par de si chaudes embrassades, devait finir par une pluie de glace. Madame Jonchette, à la hâte, saisit son mantelet et son chapeau, faisant remarquer à sa fille qu'elles auraient bien le temps de se rajuster dans la voiture; puis elle prit le bras de son fils. La timide

Élise se suspendit à celui de son père, et ce fut dans ce bel ordre que l'on sortit du salon.

Marcelle se mit à marcher derrière ses hôtes avec bien plus de tristesse alors que de ressentiment dans l'âme. Lorsqu'ils furent remontés dans la demi-fortune, quatre saluts guindés répondirent au sien; ce fut tout, et le percheron prit le trot. La jeune femme suivit la voiture des yeux jusqu'au tournant de la colline, puis elle fit un cruel retour sur elle-même.

— Qu'ai-je dit? se demanda-t-elle.

Elle n'avait voulu que venger Jacques, que bannir à jamais de la Grange-Dame-Rose ces fâcheux qui s'avisaient de l'entourer de piéges en la berçant d'hypocrites et de ridicules caresses : mais quel mot, que celui qui lui était échappé dans la colère!

Il y a des pensées qui s'amoncellent lentement dans les âmes et qui jaillissent d'un choc comme l'éclair. Jacques son mari! La jeune femme croyait n'y avoir jamais songé. Jamais elle n'avait poursuivi si loin sa rêverie; sa fierté naturelle en serait entrée en révolte.

Non ! elle n'avait souhaité que d'être aimée, rien de
plus. Il lui sembla qu'en revoyant son cousin, elle ne
saurait pas vaincre le trouble où le souvenir de son
imprudence ne pouvait manquer de la jeter, et elle se
promit de passer la journée dans sa chambre. Mais,
comme elle rentrait, elle vit de loin Jacques sur le
perron ; il l'attendait. Son premier regard fut encore
pour la julienne, et l'émotion de Marcelle n'en fut
point rassurée.

— Vous resterez à jamais incorrigible, lui dit-elle
avec un grand effort de badinage. Pourquoi donc vous
a-t-il plu d'interrompre si brusquement la romance
de mademoiselle Élise ? Vous m'avez brouillée mor-
tellement avec nos cousins.

— Il m'a semblé que ces gens-là me méprisaient,
répliqua-t-il.

— Il vous a semblé ! répéta-t-elle en riant franche-
ment pour cette fois. Mais vous ne savez pas tout,
reprit-elle étourdiment; vous ne savez pas quel honneur
j'ai reçu, moi ?....

Et puis elle se mordit les lèvres et s'arrêta.

— M. Jonchette vous veut pour sa bru, lui dit Jacques. Je sais, et j'ai vu plus que vous ne pensez. Et avez-vous refusé ? ajouta-t-il en la regardant jusqu'au fond de l'âme. Ne voulez-vous pas vous marier?

Marcelle pâlit. J'ai peut-être eu tort de refuser, balbutia-t-elle.

— Je le crois, répliqua-t-il durement. Je le crois. Et maintenant, ajouta-t-il, reproche pour reproche, car j'en ai un à vous faire, moi. Magloire vous a écrit! Pourquoi m'avez vous caché cette lettre?

— Jacques, s'écria-t-elle, je vous en prie, ne me forcez pas à vous la montrer. Je vous dirai tout.

Et lui faisant signe de la suivre dans la cour, elle le mena jusque sur le chemin du bois, voulant gagner un peu de temps. Et puis elle essaya dans son embarras de lui raconter les anciennes entreprises de Magloire, dont le récit lui coûtait bien moins que le reste. Mais, lorsqu'il fallut en venir à la première lettre du galant et à l'histoire de ce second message que Choblet seul avait pu porter dans sa chambre, elle faillit s'arrêter. Jacques en l'écoutant creusait la terre à coups de talon.

— Vous savez tout, lui dit-elle, tout. A présent, promettez-moi.....

— Que faut-il vous promettre? s'écria-t-il en repoussant sa main. D'épargner Magloire! C'est trop de bonté, vraiment! Tenez, reprit-il, me dire comment cette lettre vous est venue, ce n'est pas m'expliquer pourquoi vous me l'avez cachée. Je veux....

— Vous voulez la voir? interrompit-elle vivement. Oh! ce n'est pas votre *Je veux!* qui me blesse. Mais, ajouta-t-elle avec découragement, ne comprenez-vous pas pourquoi je ne peux pas vous la montrer?

— Vous l'avez détruite peut-être, brûlée, sans doute?

— Oui, fit-elle.

— N'en parlons donc plus, s'écria-t-il. Vous deviez me cacher qu'on vous outrageait encore, puisque vous jugiez que je ne saurais pas vous défendre. C'est

chose bientôt faite que de donner la moitié de sa confiance. Reste l'autre moitié, on la garde ; on ne peut
forcer son cœur et l'on ment. Mais il vient un jour
où la vérité éclate.

— Ah ! murmura-t-elle, si vous saviez combien de
fois j'ai été tentée de tout vous dire !

— Non, non, reprit-il ; ce n'est pas à moi de vous
faire respecter ici. Je saurais mal m'y prendre. C'est
une affaire délicate que de venger une femme. Je suis
un brutal, un maladroit, un sauvage. Je vous remer-
ciais un jour de n'avoir point eu peur de moi, lorsque
je suis venu chez vous avec mes haillons. Ah ! vous
savez dissimuler comme une autre femme.

— Jacques ! s'écria-t-elle en se redressant tout à
coup, le même soir, dans la chambre de mon père,
quand nous nous sommes trouvés seuls, que m'avez-
vous dit ? Quel aveu terrible m'avez-vous fait ?.... Ah !
Jacques, ces paroles-là, vraiment, devaient me faire
peur. Eh bien, ai-je cessé de vous tendre la main ?

Jacques se tut et fit quelques pas en avant. Au

13*

bout d'un instant, lorsqu'il se retourna, il s'aperçut qu'il était seul. Il regagna précipitamment la
maison. Marcelle était debout sur le seuil de sa chambre : elle l'appela.

— Cette fois, je vous la rends pour jamais, lui dit-
elle en lui présentant la carabine. Si je la gardais, un
jour viendrait où vous m'accuseriez de vous avoir
désarmé par peur.

— Non, non, s'écria-t-il.

Sur la crosse de l'arme il venait de sentir la branche
de julienne que Marcelle lui remettait aussi dans la
main.

— N'est-il pas convenu que vous la gardez? murmura-t-il.

La jeune femme rattacha vivement la julienne à son
côté et se mit à jouer avec la carabine, faisant mine
d'ajuster une palombe posée sur un chaume en face
la croisée; puis elle la remit sur la table.

— Je la laisse là, dit-elle en riant. Nous causerons
toutes deux quand nous serons seules.

— Vous lui demanderez ce que je ne peux pas vous dire! s'écria Jacques.

— Et ne voyez-vous pas, interrompit-elle en se rapprochant de lui, ne voyez-vous pas qu'il vaudrait bien mieux parler?

Jacques ne lui répondit point et ne la regarda même pas; mais il toucha du doigt la ceinture de sa robe où la branche de julienne était passée.

— Donnez-moi la moitié de cette fleur, lui dit-il de sa voix rude.

XI

L'armoire immense qui s'élevait dans la chambre de Marcelle, et où Jacques, quelques jours auparavant, avait découvert le portrait, n'était pas seulement une armoire de ménagère; on n'y voyait pas que ces belles piles de linge blanc, parfumé de lavande, qui font la gloire d'une bourgeoise des champs; Jacques n'y avait trouvé que le tableau, mais il y avait là d'autres reliques : c'était le musée secret de la grande dame rose. Fidèle à ses habitudes d'ordre jusque dans les choses du cœur, la jeune femme, depuis son enfance, rangeait symétriquement sur ces grands rayons les plus chers et les plus vivants de ses souvenirs. Demeurée seule, elle alla prendre, au plus profond de l'armoire, une cassette de bois de frêne moucheté, garnie de cuivre, qui ne renfermait encore qu'une mèche grise des cheveux de Marcel Bongenoux. Elle y mit ce que Jacques lui avait laissé de la branche de julienne.

Elle voulut alors réfléchir un peu sur les événements de la journée. Il n'y avait plus à revenir sur ce terrible mot : « Il sera mon mari, » qui avait mis les Jonchette en fuite; c'était chose dite par malheur, et, plus Marcelle y songeait, moins elle comprenait qu'elle eût pu la dire. Mais, au milieu de ses regrets, elle venait tout à coup de se sentir soulagée d'un poids immense. — Ah ! Jacques s'était encore trahi en lui demandant *la moitié de cette fleur*, et la jeune femme ne pouvait s'empêcher de penser, depuis un moment, que, dans son imprudente réponse à madame Jonchette, elle n'avait fait peut-être que devancer la vérité.

Une crainte singulière s'était tout d'abord emparée d'elle, quand elle avait vu disparaître au tournant de la colline l'aristocratique *demi-fortune* de ses chers et susceptibles parents, et, durant son entretien avec Jacques, cette même crainte n'avait pas cessé de la poursuivre. Les Jonchette allaient bientôt entrer en grande joie, car elle s'était mise à leur merci par sa folle bravade ; elle devait s'attendre à leur servir encore de fable et de risée, lorsque l'événement leur ferait voir qu'en se donnant le cousin de la blouse pour futur mari, elle s'était tout bonnement flattée. Mais trois mots de Jacques venaient d'éteindre en elle cette humiliante inquiétude ; elle ne craignait plus que ces

bonnes gens se fissent litière entre eux des plus secrets sentiments de son cœur : l'avenir pouvait les
confondre ! — Marcelle commençait même à trouver
qu'il n'y avait rien que de fort naturel dans ce qu'elle
avait dit à madame Jonchette. — Pourquoi Jacques
son cousin, son frère et son fiancé d'autrefois, ne de-
viendrait-il pas son mari ?

Certes, elle était loin d'examiner sérieusement cette
dernière pensée ; mais, contrainte à se trouver face à
face avec elle, en vérité, elle n'en éprouvait aucune
surprise. Jacques son mari ! Elle voyait bien qu'il y
avait de la destinée dans tout ce qui se passait depuis
le matin ; il fallait même que cette moqueuse destinée
eût eu ce jour-là un redoublement d'humeur maligne,
pour l'avoir amenée, de réflexion en réflexion,
à de si grandes chimères. Voilà ce qu'elle pensait
tout haut : mais tout bas elle se disait que de pareilles
unions n'étaient pourtant pas sans exemple. Le mariage couronne souvent ces longues amitiés fermes et
pures, nées des babils et des jeux de l'enfance, et mû-

ries dans les heures sérieuses de la jeunesse... Mais ce
fut ici qu'elle s'arrêta. Elle sentait trop bien que ce
n'était point une de ces amitiés-là que Jacques lui
laissait voir enfin, après tant de combats, et qu'il n'y
avait non plus rien de semblable dans le sentiment
qui l'agitait elle-même. Dans les vœux que depuis
trois mois elle avait formés au sujet de son cousin,
elle était bien plus qu'exaucée.

Lorsqu'elle s'éveilla le lendemain, sa première pensée fut pour la branche de julienne. Un violent désir
la prit au cœur de savoir ce que Jacques avait fait de
ces fleurs à demi fanées. Elle attendit qu'il fût sorti et
s'achemina sans bruit de sa chambre à la sienne, résolue d'y pénétrer pendant son absence. Mais le long
corridor sombre lui sembla tout à coup se peupler de
regards, se remplir de chuchotements et de rires étouf-
fés ; elle craignit que quelque servante ne l'épiât, et
cependant elle savait bien qu'à cette heure matinale
la maison était déserte. Sa main, déjà posée sur le
loquet, défaillit et retomba ; elle n'osa pousser la porte.

Cette folle campagne ne servit qu'à la jeter dans de nouvelles incertitudes. Rentrée chez elle, elle s'accusa comme toujours d'inconséquence et de faiblesse ; elle prit à partie tous ses pensers et tous ses rêves, elle voulut descendre jusque dans le dernier retranchement de son âme. Inutile effort ! Au lieu de suivre le droit chemin de la lumière, elle s'égara dans mille détours, retomba dans le vague et se lassa de n'en pouvoir sortir. La répugnance infinie qu'elle éprouvait, contre son habitude, à s'interroger de bonne foi, l'étonna, sans qu'elle cherchât à la vaincre. En ce moment elle ressemblait à ces oiseaux étourdis qui, rasant depuis longtemps la crête des flots, essayent d'y plonger leur tête; la profondeur de l'eau les épouvante, ils regagnent les cieux à tire-d'aile.

Ainsi la grande dame rose trouvait plus doux de jeter les yeux au ciel ouvert, que sur le fond mouvant et sombre du passé. Instinctivement, elle se retirait de la contemplation d'elle-même, qui l'eût ramenée aux mauvais jours. Ce n'était pas sa faute si Jacques commençait à l'aimer ; si, lorsqu'elle ne voulait que le raffermir et le consoler, que lui rapprendre la patience qui convient à l'honnête homme en face de toutes les douleurs, que le réduire enfin à se trouver heureux, quelque jour, de vivre à ses côtés dans la ferme, il avait si brusquement conçu d'autres projets et d'autres désirs. Comme deux exilés de même race que le hasard a rassemblés dans l'exil, leurs deux cœurs n'avaient pu se rapprocher sans s'unir. Et maintenant, quelles que fussent les suites de cette impulsion fatale contre laquelle l'orgueil de Jacques avait en vain tenté de se roidir, et qui les entraînait si rapidement l'un vers l'autre, la jeune femme se sentait merveilleusement résignée à les accepter toutes, jusqu'à la dernière. Pour le salut même de Jacques, il fallait peut-être qu'elle fût aimée !

Il était midi : elle se mit à sa croisée, sachant bien que Jacques allait rentrer à la ferme. Il passa en effet dans la cour ; elle se retira brusquement et ferma la fenêtre ; elle venait d'entendre au fond d'elle-même une voix qui lui disait : — Ce cœur de fer est pourtant à toi, ce cher sauvage est ton bien. — Et il lui semblait encore une fois que ses pensées allaient trop vite. Mais ce dernier retour de crainte s'effaça comme tous les autres : elle ne chercha plus à faire taire cette voix qui parlait avant l'heure ; elle résolut, au contraire, de n'y répondre qu'en redoublant d'efforts auprès de Jacques, en veillant sur lui sans relâche, en l'entourant d'elle, en l'opprimant même, s'il le fallait, pour achever de le guérir. Ce n'était plus le moment, quand il venait à elle, de s'éloigner, en baissant les yeux, comme une pensionnaire effarée ; son devoir était de lui tendre la main. Jamais elle ne s'était senti tant de hardiesse au cœur. Une force vive et pure se glissait en elle comme un souffle du matin ; l'idée lui vint même qu'elle devait avoir rajeuni depuis quelques jours. Elle se vit dans son miroir le front comme estompé d'un léger nuage, et un peu pâlie ; mais ses yeux lui renvoyèrent les pensées alertes de son âme. Jacques cependant n'avait fait que traverser la cour.

Il frappa si doucement à sa porte qu'elle ne put s'empêcher de sourire, et il resta sur le seuil, hésitant à entrer, car il ne trouvait point de prétexte pour expliquer sa visite. Elle sortit, il se mit à la suivre, et sans s'être presque rien dit encore, ils se trouvèrent assis tous les deux côte à côte au fond du jardin.

C'était ce jardinet, défendu pendant l'après-midi contre le soleil par l'épais rideau du bois, que la grande dame rose avait choisi pour théâtre de ses audacieuses et perfides manœuvres. Elle s'assit sous le poirier, un ouvrage d'aiguille à la main, inquiète encore de ce qui allait suivre. Le battage des colzas était terminé depuis le matin même, un court intervalle devait s'écouler jusqu'à la moisson ; on allait chômer à la ferme. La jeune femme regarda Jacques à la dérobée : allait-il rester près d'elle ? D'ordinaire, quand les travaux s'interrompaient à la Grange-Dame-Rose, il s'enfermait dans sa chambre, ou passait les jours, seul, au fond du bois. Mais la solitude avait perdu pour lui son ancien attrait : il resta. Marcelle brodait activement. Leur entretien, vingt fois rompu, toujours repris, se tourna bientôt en une de ces causeries vagues où les mots qu'on dit sont si différents de ceux qu'on voudrait dire, qu'ils semblent s'égarer et flotter dans l'air comme des sons lointains. Pas une ombre, durant deux heures, ne passa sur le front de Jacques. Il essaya même une fois de retenir la main de Marcelle dans la sienne, et, comme elle hésitait à la lui laisser, il la lui rendit sans colère.

Mais un peu de contrainte succéda, malgré tout, à ce refus qu'elle lui opposait, et il se fit entre eux un long silence. Jacques, pour déguiser son embarras, se mit à examiner, machinalement d'abord, la broderie de la jeune femme. C'était une grande pièce de tulle sur laquelle son aiguille rapide dessinait des bouquets de lis avec leurs tiges altières et leurs beaux calices mystiques. Il toucha timidement du bout du doigt ce fragile tissu. C'est l'ouvrage de Pénélope, pensa-t-il. Il ne savait pas penser si vrai. — Marcelle avait commencé cette broderie quand elle était seule, assiégée par les galants, et qu'elle attendait son Ulysse.

— Vous voudriez bien savoir ce que je fais là? lui demanda-t-elle.

— Mais, je le vois, répliqua-t-il; vous brodez une mante, un châle peut-être.

— Cela me siérait bien! reprit-elle vivement avec une sorte de dépit. J'aurais l'air d'une sainte de bois couchée dans la neige, une des saintes de l'église de Prunay; je vous les ferai voir. Et puis une mante en cette étoffe! il faudrait, d'ailleurs, que j'eusse dix pieds de haut pour la porter. Savez-vous, mon cousin, que vous venez de me faire un très-mauvais compliment?

— Ce n'était pas mon intention, se contenta-t-il de répondre avec sa rudesse ordinaire. Au fait, il vaut peut-être mieux que vous ayez une mante noire.

— A la bonne heure, fit-elle avec un redoublement de dépit, vous n'oubliez pas que je suis en deuil. Puis elle s'en voulut d'être si femme. — Mais ce n'est pas

une mante, monsieur le curieux, reprit-elle gaiement;
non, loin de là, oh! bien loin; c'est un devant d'autel.

— Un devant d'autel! répéta-t-il avec surprise. Et
vous comptez en faire présent au curé de Prunay sans
doute. C'est une bonne pensée, ajouta-t-il en souriant,
car je crois bien que le bonhomme n'est pas riche et
que vous êtes sa seule dévote.

Marcelle le regarda.

— C'est que j'ai eu souvent besoin de croire, lui
dit-elle.

— Vous! s'écria-t-il en se levant, vous, besoin de
croire! Et que diriez-vous donc si vous vous nom-
miez Jacques Bongenoux, si vous aviez laissé un hail-
lon de vous-même à chaque ronce du chemin, si tout
un monde de fantômes se débattait là... Tenez, il me
semble entendre un enfant gâté se plaindre de la vie.

— Il y a longtemps que je ne suis plus un enfant,
lui répondit-elle presque à voix basse. Et puis, mon
cousin, j'ai perdu mon père, et pour cette fois vous
l'oubliez.

— C'est vrai, fit-il en s'asseyant la tête baissée : une grande douleur ! Mais quel autre malheur avez-vous donc éprouvé ?

— Le plus grand de tous, répondit-elle encore plus bas ; celui d'être femme, de me sentir faible et sans défense contre la lâcheté de tous, quand j'avais du sang d'honnêtes gens dans les veines ; le malheur de vivre seule. Oh ! mais je conviens qu'il n'a pas eu de durée, ajouta-t-elle vivement, car vous êtes venu.

Jacques avait attendu ce mot-là.

— Merci, fit-il, comme s'il respirait plus à l'aise. Ainsi, reprit-il au bout d'un instant, cela fait du bien de croire ? Quand vous étiez malheureuse et que vous alliez voir ce prêtre... Eh bien, s'écria-t-il en frappant du pied sur le sable, il est pourtant vrai que ces gens-là vous remettent les fautes !

— *Et dimitte nobis peccata nostra,* murmura Marcelle.

— Oui, reprit-il, les prêtres, voilà des juges ; mais tout n'est pas fini quand ils ont parlé ; il faut aussi se pardonner à soi-même. Je ne veux pas, s'écria-t-il avec son ricanement terrible, je ne veux pas, moi, qu'un autre m'absolve.

— Venez ici, mon cousin, lui dit Marcelle, là, devant moi. Personne ne vous absoudra malgré vous, soyez-en bien sûr. Mais il faut m'aider à dévider cet écheveau de coton...

— Soit ! fit-il avec un rire forcé.

Il s'agenouilla pourtant devant elle en la regardant, mais sans confiance, car il s'étonnait qu'elle n'eût point profité, cette fois, de son emportement pour le pousser à parler ; il craignait qu'elle ne lui tendît un piége.

— Vous pourriez aussi bien me proposer de travailler avec vous à broder ce devant d'autel, lui dit-il. Pourquoi ne broderais-je pas ?

— Cela viendra, répliqua-t-elle.

Jacques n'en prit pas moins entre ses doigts l'écheveau qu'elle lui présentait. Elle chercha le bout du fil et se mit à le pelotonner vivement sur un morceau d'ivoire en forme d'étoile. Le visage carré de Jacques se trouvait ainsi tout près du sien, et comme elle était penchée vers lui, la pointe de l'un de ses bandeaux dénoués par le vent vint à lui effleurer la joue. Il tressaillit. Elle n'avait point cessé, jusqu'alors, de le regarder du coin des yeux ; mais elle ne l'osa plus, et se hâta d'achever son peloton.

— C'est fini, lui dit-elle d'une voix presque tremblante. Je suis bien fâchée d'avoir abusé à ce point de votre complaisance. Vous devenez trop bon, vraiment, mon cousin.

Jacques, sans lui répondre, reprit sa place sur le banc. Le moment était mal choisi pour se taire. Marcelle sentit bien que ce silence ne pouvait qu'accroître leur embarras à tous deux ; elle chercha dans son esprit troublé quelque adroite façon de le rompre, et ne la trouva pas. Alors elle se prit à regarder avec inquiétude la voûte éclatante du ciel qui lui disait que l'heure n'était point venue de regagner la maison. Il s'en fallait bien que le soleil fût près de son déclin :

une lumière blanche et serrée enveloppait le front du bois; le ruban de route que bordait la haie étincelait comme si la terre eût rendu des flammes; la chaleur montait de la cour de la ferme par lourdes bouffées comme d'une fournaise, et ce n'était pas chose aisée en ce moment que d'imaginer un prétexte pour quitter le frais couvert du poirier.

Jacques, d'ailleurs, ne semblait nullement prêt à partir. Loin de là, il se rapprocha de la jeune femme. Elle avait sur ses genoux, dans son sac à ouvrage, un autre écheveau semblable à celui qu'ils venaient de dévider ensemble; il le prit, et Marcelle, un instant, crut qu'il allait lui demander de dévider encore celui-là; mais il n'en fit rien. Seulement, comme s'il avait eu besoin de tenir et de toucher toujours quelque chose qui l'eût touchée, il s'empara d'un coin de son tablier de soie noire, et se mit à le rouler et à le dérouler entre ses doigts.

Dans un pays que j'ai vu, lui dit-il d'un ton distrait, il y a une coutume bien singulière. C'est en Bretagne.

J'allais m'embarquer à Nantes, et cela m'a fait rire alors... C'est qu'en vérité, dans ce temps-là, le lendemain de ma fuite, quand mon père était déjà frappé... quand je courais, moi, à tant de misère... c'est qu'en verité je me sentais fort et content...

— Content comme un lion mal privé qui vient de briser sa cage, lui répliqua Marcelle avec un doux accent de reproche. Mais quelle était donc cette coutume, mon cousin?

— La voici... reprit-il en baissant un peu la voix. Ces bonnes gens aiment les symboles. Au bourg de Batz, lorsqu'un jeune garçon vient demander une fille en mariage, il se met à genoux devant elle, prend le coin de son tablier, là, comme je tiens le coin du vôtre, et il essaye de le rouler, comme je fais en ce moment, jusqu'à la ceinture de la belle. Si elle ne l'arrête pas auparavant en lui frappant un petit coup sur les doigts, c'est qu'elle l'accepte pour mari. Que pensez-vous de ce langage-là, ma cousine?

Marcelle rougit, mais elle ne perdit pas tout cou-

rage, et se prit à rire, au contraire, le plus haut
qu'elle put; puis, comme Jacques roulait toujours
le coin du tablier, elle se décida tout à coup et lui
frappa sur les doigts. Il se leva brusquement et s'é-
loigna.

XII

Jacques n'était allé que jusqu'à la petite barrière qui
fermait le jardin, et Marcelle, sans le regarder partir,
ne l'avait pas perdu des yeux. Tout à coup il se retourna et revint à elle. Mais il ne chercha pas à reprendre sa place sur le banc; il resta debout.

— J'oubliais ce que j'avais à vous dire, balbutia-
t-il, voilà pourquoi je reviens; puis il fit un violent
effort pour rassurer sa voix. Mademoiselle Bongenoux,
reprit-il, il va vous falloir un berger...

— Un berger? répéta-t-elle.

— Il n'y en a plus à la Grange-Dame-Rose, fit-il en tremblant de colère. Le vieux Berrichon, le complice de Magloire, n'est plus de la ferme. J'ai pris sur moi de le chasser ce matin.

Le nom de Magloire fit tressaillir la jeune femme. Le ton farouche de Jacques en le prononçant ne lui laissa pas de doute sur l'intention qui le ramenait près d'elle; il voulait rallumer la guerre. Je l'ai donc cruellement blessé tout à l'heure, se dit-elle. Mais elle trouva la force de sourire et de le regarder tranquillement.

— Pourquoi dites-vous : *J'ai pris sur moi de le chasser ?* répliqua-t-elle. Faut-il vous répéter encore que vous êtes ici le maître en toutes choses... en toutes choses, entendez-vous bien? ajouta-t-elle. Ah ! vous avez la tête dure comme un Bongenoux, mon cousin.

— Ainsi donc, s'écria-t-il avec impatience, vous ne me désapprouvez pas?

— Point du tout. Voilà vingt ans, je crois bien, que

14*

Choblet était à la Grange-Dame-Rose... Tenez, reprit-elle vivement, vous attendez que je vous parle de
ces odieuses lettres. Parlons-en donc. Eh bien, oui,
lui seul avait pu les mettre chez moi. Mais si vous
n'aviez pas d'autre raison de haïr ce pauvre vieillard,
vous pouviez aisément lui pardonner, mon cousin.

— Dieu! s'écria-t-il ironiquement, que vous êtes
bonne!...

Marcelle haussa doucement les épaules.

— Eh non! dit-elle, ce n'est point pour me faire du
mal que Choblet a servi les gens de la Louvette, ou
qu'il a feint de les servir. Je gage qu'il les trompait
tout comme il nous trompait nous-mêmes; il n'avait
pas, à faire cela, d'autre intérêt que de tromper tout
le monde. Vous ne connaissez plus les paysans, Jacques. Celui-là est ce qu'on nomme ici un finaud.

— Comme son chien, dit Jacques en riant d'un
mauvais rire. Et maintenant qu'il est parti, qui vous
apportera la troisième lettre de Magloire?

— Jacques! fit-elle.

Il ne voulut point baisser les yeux devant les siens, mais il détourna la tête.

— Jacques ! s'écria Marcelle, regardez-moi. Qu'est-ce que ce méchant retour de folie? Qu'avez-vous?

— Vous ne voulez pas qu'on vous défende, dit-il, vous ne voulez pas qu'on vous venge. Venez avec moi sous la grande porte de la cour. Les batteurs se sont rassemblés là depuis ce matin ; vous apprendrez ce que vous refuseriez de croire si je vous le disais. C'est pourtant le bruit du pays : Magloire le père a racheté la ferme de son fils; il payera les dettes...

— Et ce ne sera pas encore un mauvais marché, interrompit Marcelle en riant.

Il la regarda avec stupeur.

— Eh bien, lui dit-elle, vous êtes surpris que la nouvelle me fasse rire; mais, Jacques, il ne pouvait rien nous arriver de plus heureux. Me voilà, pour moi, tirée de souci. Pierre Magloire va quitter le Josas; il ne voudra point s'y montrer pauvre, après y avoir vécu si longtemps en mauvais riche.

— Il ne quittera pas le Josas! Il restera, s'écria-t-il.
Il a jeté le manche après la cognée; il peut tout risquer, maintenant, pour relever ses affaires. Puisque
vous ne voulez point qu'on le châtie, je vous dis, moi,
que sa troisième lettre vous arrivera.

— C'est alors que je vous la ferai lire, murmura-t-
elle en soupirant et en fermant les yeux, je vous le
promets.

— Trop tard! répliqua-t-il. Il sera trop tard. Et
d'ailleurs, ajouta-t-il en faisant quelques pas, comme
s'il voulait de nouveau s'éloigner, vous me la cache-
rez aussi bien que les deux autres. Mais il revint encore. — Ah! s'écria-t-il, je ne sais ce qui me retient
de vous dire ce que je pense!...

— Je le sais bien, moi, répondit-elle avec calme et
en se levant : c'est que vous ne pensez pas, au fond
du cœur, ce que vous avez envie de me dire. Ah! Jacques, reprit-elle en venant poser sa main sur la sienne,
que vous importent les complots de Magloire? Que
vous importe tout ce qui se passe hors d'ici, tout ce

qui n'est pas la paix dont vous avez si grand besoin ?
continua-t-elle en reprenant avec lui le chemin de la
maison. Je m'étais accoutumée trop vite à vous voir
tranquille et bon, et j'avais trop espéré de vous. Qui
vous a encore changé depuis une heure? Quelles mauvaises pensées se sont fait jour dans votre esprit?

— Laissez-moi punir Magloire, interrompit-il d'un
air sombre; le misérable est l'ombre de mon mauvais
sort! Je ne sais ce qui se passe en moi, j'ai le pres--
sentiment d'un malheur.

— Un malheur! s'écria-t-elle; ici, près de moi !
Non, aucun malheur ne peut vous atteindre. Je vous
le disais bien, Jacques, que vous étiez fou!

— Non, lui dit-il en lui serrant la main, je ne suis
pas fou.

Ils marchèrent pendant quelques instants en silence et ils arrivèrent au pied de la maison.   .

— Vous n'aviez pas de si méchantes idées ce matin,
dit Marcelle; vous ne songiez plus à Magloire, vous
ne m'avez pas même parlé de lui, tout le temps que

nous sommes restés assis sous le poirier. Vous aurez voulu me faire peur, en me parlant de pressentiment.

Mais Jacques ne répondit pas et se contenta de secouer la tête.

— Reviendrez-vous ce soir au jardin? lui demanda-t-il.

Marcelle lui fit signe que oui et se hâta de rentrer
dans la maison. Elle avait besoin d'être seule, de se
recueillir et de se fortifier; il lui semblait qu'une
dernière nuée menaçante et noire s'élevait à l'horizon
de son bonheur. Elle songeait amèrement à toutes les
haines armées contre elle; elle tremblait que Jacques
n'eût raison dans son opiniâtre défiance, et répétait
sans cesse le mot sinistre qu'il venait de laisser tomber devant elle. Cette sombre idée de la fatalité dont
il était poursuivi la remplissait à son tour. Le pressentiment d'un malheur! murmura-t-elle; s'il disait
vrai!

Et les craintes de Jacques n'avaient, hélas! qu'une

trop grande apparence de vérité, du moins en ce qui regardait Magloire. Le beau fermier de la Louvette allait devenir la fable et le paria du Josas dont il avait été le tyran. Nul ne valant dans le pays que par sa terre, puisqu'il ne lui en restait plus une parcelle, Magloire ne valait plus un denier, et la rage de sa détresse allait le pousser de plus belle vers la Grange-Dame-Rose, comme la faim, pendant l'hiver, pousse le loup dans les villages. Marcelle descendit dans la cour et s'avança vers la grande porte. Ainsi que le lui avait dit Jacques, les journaliers étaient rassemblés sous la voûte. Elle s'arrêta à l'angle du mur et se mit à les écouter avidement.

Rien n'était plus certain que la rentrée du maître d'école dans le bien de sa femme, ce bien si cher, qu'il avait si longtemps et si habilement géré pour le compte de Pierre et pour le sien. Ce modèle des pères avait passé tout le jour à parcourir le Josas dans sa carriole, arrêtant son *normand* à toutes les portes, racontant d'une voix émue qu'il venait de sauver son fils, et portant d'une main son large mouchoir à ses yeux, tandis que de l'autre il fouettait doucement sa bête qui reprenait le trot. Dès midi, on connaissait à la Grange-Dame-Rose la terrible scène qui s'était passée le matin à la Louvette; à quatre heures du soir, il n'était pas dans tout le Josas une maritorne qui ne pût la répéter mot pour mot.

Pierre se levait : six heures étaient bien sonnées depuis une minute à la grande horloge de la cuisine, lorsque, tenant en main sa montre plus infaillible que le soleil et que la loi, flanqué de ses deux re-cors, à qui il recommandait de porter comme lui la tête haute, l'huissier était entré dans la ferme. Or, ils n'avaient jamais passé tous trois ce seuil redouté sans que leurs trois fronts ne se missent tout aussitôt en devoir de dessiner trois angles droits avec leurs six genoux, et rien qu'à ce changement d'attitude, Pierre devina que l'heure de la catastrophe était arri-vée. L'huissier ne l'épargnait plus; il nasillait même en parlant pour le défier, et, sans préambule, il l'avait sonmmé de le conduire aux magasins et aux étables, étant venu pour tout saisir et pour procéder au plus vite. Pierre, au lieu de lui répondre, avait sauté sur une fourche.

Mais le maître d'école était accouru. Par quelques paroles douces et bien senties, en lui représentant, par exemple, que s'il perçait seulement une ligne de la peau de l'huissier, il ne manquerait point d'aller au bagne, Magloire le père avait réussi à calmer son fils.

« Vois-tu, Pierre, lui avait-il dit de sa plus belle voix, tout en lui retirant la fourche, on ne gagne jamais rien à se fâcher contre ces messieurs-là. Que vas-tu faire? Tu n'as qu'un tout petit mot à dire pour être heureux, et il ne tient qu'à toi de vivre désormais comme un grand meunier sans souci. Tu pourras rester à la ferme; j'y suis bien resté, moi, quand tu étais le maître. Le bien te reviendra, mon garçon, dès que je n'y serai plus; tu trouveras mes pantoufles toutes chaudes, tu y mettras les pieds, et voilà. Dieu

15

m'est témoin que je n'ai pas d'autre envie que de te tirer d'embarras. Veux-tu signer ? »

Apparemment l'affaire avait été déjà débattue entre le père et le fils. Le maître d'école, après avoir échangé un regard d'intelligence avec l'huissier, avait alors tiré l'acte de sa poche.

Il s'engageait à payer les dettes et se remboursait en prenant la ferme. Pierre avait signé, puis il était sorti de la salle en trébuchant. On l'avait vu vers midi dans un cabaret de Prunay, seul devant une table, la tête dans ses poings, et se versant de temps en temps d'effroyables rasades de vin qu'il buvait d'un trait.

Marcelle écouta ce récit jusqu'au bout; puis, sortant de sa cachette, elle traversa le porche, et les journaliers, suivant leur coutume, se turent en la voyant passer. Elle marchait au hasard, sachant seulement qu'elle ne voulait pas prendre la grande allée du *Bloquage* où Jacques aurait pu l'apercevoir, et, tournant à gauche, elle se mit à longer le mur d'enceinte de la ferme. Ce chemin, étroit et raboteux, descendait vers les terres de la Louvette, et la grande dame rose, se le rappelant tout à coup, allait revenir sur ses pas, lorsque, à un nouveau tournant du mur, comme elle jetait un dernier regard sur le vallon qui s'étendait à ses pieds, elle découvrit à quelques pas d'elle le vieux Choblet assis sur une pierre au bord du chemin. Il dessinait des figures sur la poussière avec le bout de son bâton de berger, et il avait grand soin de ne pas regarder du côté de la *bourgeoise*. Il m'a vu, se dit-elle.

Un étrange projet venait de se faire jour dans son esprit. Choblet pouvait rentrer à la Grange-Dame-Rose et devenir son espion comme il avait été l'espion de Magloire auprès d'elle : que lui importait, pourvu qu'il trompât quelqu'un, de tromper l'un ou l'autre ? Pour elle, sachant ainsi ce qui se tramerait à la Louvette, elle serait au moins sur ses gardes.

— Voilà donc où vous ont mené vos méchantes

ruses! lui dit-elle sévèrement, à vous faire haïr de mon cousin qui ne veut plus de vous dans la ferme.

Choblet ne se dérangea pas et ne leva pas même les yeux.

— Bon, dit-il. Bien vrai, le bourgeois n'est pas bien facile à l'amitié; il y en a d'autres que moi qui le savent, peut-être.

— Taisez-vous, s'écria-t-elle; avouez plutôt que vous aimez à faire le mal, comme vos moutons aiment à paître l'herbe. Oh! je vous connais! C'est vous qui aviez apporté ces deux lettres dans ma chambre. Vous ne le nierez pas.

— Bon, fit-il. On me donne un papier; pour sûr je ne peux pas deviner que c'est une lettre, puisque je ne sais pas lire : je ne suis point si malicieux.

Marcelle ne put retenir un mouvement d'impatience.

— Où allez-vous servir maintenant? lui demanda-t-elle.

Le berger se décida enfin à relever la tête; ses pe-

tits yeux s'illuminèrent, sa bouche édentée s'entr'ouvrit et le glouglou se fit entendre.

— Bien vrai! dit-il; la place était bonne. Elle valait bien cent écus. Oh! je ne mens point.

— Mais où allez-vous servir? répéta Marcelle.

Choblet peu à peu s'était redressé. Il se trouvait
debout, une main appuyée sur son bâton, et son menton dans sa main.

— Ma fine, répliqua-t-il, M. Magloire le père, tout
à l'heure, m'a fait offrir ses moutons.

La grande dame rose se détourna brusquement et
regagna la ferme; elle était punie justement pour
avoir songé à se défendre de ses ennemis par des
moyens indignes d'elle. Elle vit bien qu'il fallait s'en
remettre en tout à cette destinée méchante et jalouse
dont Jacques lui avait appris à avoir peur. En ce moment, d'ailleurs, elle n'avait point le loisir de s'abandonner ni d'être triste; il fallait armer au moins son
visage, car Jacques l'attendait. Il n'avait eu garde
d'oublier sa promesse de revenir le soir auprès de lui;

elle apprit par l'une des servantes qu'il venait d'entrer dans le jardin.

Mais il ne lui parla plus de ses pressentiments. Deux jours s'écoulèrent ainsi, deux journées placides et souriantes, passées presque tout entières sous le grand poirier. Le crépuscule descendait de bonne heure en ce jardin feuillu, fermé par le bois du côté du couchant, et les deux jeunes gens demeuraient dans la pénombre flottante. D'âcres parfums s'élevaient autour d'eux des bordures de fleurs, un vent moite et léger glissait sur leurs fronts, leurs pieds trempaient dans la rosée. Jacques saisissait les deux mains de sa cousine, y mettait la sienne et se taisait. Ces longs silences n'étonnaient plus la jeune femme; elle ne désirait pas que le cœur de Jacques allât trop vite. L'abîme si longtemps ouvert entre eux était comblé; il n'y avait plus qu'un mince ruisselet au bord duquel ils s'arrêtaient tous deux à regarder couler l'eau limpide : ils étaient près de le franchir, et ils hésitaient; on eût dit qu'ils s'attendaient l'un l'autre. Marcelle cherchait seulement à distinguer dans l'obscurité le visage de Jacques, cette face de lion amoureux engourdi dans son rêve, et souriait quand elle l'avait vue : Jacques, en vérité, ne paraissait plus même songer à Magloire. Pour elle, si elle y songeait par instants, c'était presque sans crainte; le bonheur lui rendait le courage. Elle commençait d'ailleurs à croire que son cousin s'était trompé dans ses prévisions funestes, car Pierre depuis deux jours ne se montrait plus même à Prunay. Il vivait renfermé dans ce même coin de la ferme où son père le maître d'école avait vécu pendant ses neuf ans d'interrègne; la grande dame rose espérait tout bas qu'il allait quitter le pays.

À la fin de la seconde soirée, lorsque Marcelle donna le signal de la retraite, Jacques voulut que pour retourner à la maison elle s'appuyât sur lui. Ils étaient tous deux de même taille : il ralentissait le pas pour la voir marcher à son bras. Les vêtements noirs de la jeune femme formaient comme une grande ombre dans la nuit qu'elle traversait. Il entoura d'un regard d'ardente pitié ce corsage débile, se mit à songer à la grâce de cette tête brune où la pensée virile avait sa place à côté des rêves de dévouement et d'amour; puis il pressa vivement ce bras grêle contre son cœur, et ce fut tout. Comme ils arrivaient sur le seuil de la maisonnette, il souhaita le bonsoir à Marcelle et s'éloigna précipitamment.

Son front et ses mains brûlaient, et il s'enfonça dans le bois, cherchant l'air frais qui s'exhalait de l'herbe et des feuilles. Il suivit d'abord un sentier mal frayé, longeant l'artère principale de la forêt; mais, en cheminant toujours, il s'aperçut bientôt qu'il avait atteint, au sortir des halliers, la grande route qui menait à la ville, et les premières maisons·du bourg de Prunay. Le cabaret du bourg était illuminé comme en un jour de fête, des rires et des chants sortaient de la salle enfumée; Jacques s'arrêta. Il venait d'entendre une voix cassée qui dominait toutes les autres : A la santé de M. Magloire! criait-elle.

Il étendit les deux bras en avant, cherchant un appui dans le vide. Ses dents claquèrent, et une sueur glacée lui couvrit tout le corps; puis, lorsqu'il eut recouvré ses forces, au lieu de traverser le bourg, il retourna sur ses pas.

Cette voix, c'était celle du vieux Simon, l'un de ses anciens compagnons de misère et d'aventures, celui-là même qui, lorsqu'ils débarquaient à Brest, avait essayé de lui fermer la route de la Grange-Dame-Rose et de l'entraîner dans d'autres projets. Simon dans le Josas! Simon chez Magloire! Jacques leva ses deux poings fermés vers le ciel; un formidable sanglot sortit comme un râlement de sa poitrine d'athlète; il murmura le nom de Jean Laigue, puis celui de Marcelle, et il se laissa tomber au pied d'un arbre, écrasé par ce coup de grâce du destin.

15*

XIII

Le lendemain, dès que les premières clartés du matin vinrent frapper les toits carrés de la Louvette, tout le monde s'éveilla dans la ferme. Un bruit de voix confuses, montant d'abord en sourdine, sortit des granges, remplit la maison, et se changea bientôt en un tapage effroyable ; les moissonneurs de Normandie, arrivés depuis la veille, quittèrent leurs lits de paille, et la faux en main, armés chacun d'un bissac et d'une gourde, ils se répandirent dans la cour. Magloire le père, à cet instant, descendit les degrés de la cuisine. Sa petite tête allait et venait sur ses épaules ; il avait la majesté souriante et timide encore d'un souverain reconnu de la veille. De plus, le fin politique élevait en l'air un certain objet bien connu des moissonneurs qui se mirent à battre des mains.

Cet objet, c'était une cruche, une maîtresse cruche, la reine des dames-jeannes, dont le précieux contenu se soulevait et clapotait contre les parois de grès à chaque pas que faisait le vieux Magloire. Le nouveau *bourgeois* venait lui-même verser à ses serviteurs le vin de la journée; d'abord, parce qu'il n'était point fier, ensuite parce qu'il se méfiait des servantes qui auraient versé trop fort. Il mit donc son fardeau par terre et chacun tendit sa gourde; la dame-jeanne inclina d'un air nonchalant son col formidable, et les gourdes se trouvèrent pleines. Quand cela fut fait, Magloire le père frappa doucement sur son ventre, car c'était toujours son geste favori, puis il regarda tout autour de lui, surpris de ne point apercevoir ce fils bien-aimé pour le contentement duquel il avait tant fait depuis deux jours; il ne put même s'empêcher de froncer un peu les sourcils, et demanda si personne n'avait vu Pierre. Mais on n'eut pas besoin de lui répondre, car Pierre venait d'apparaître à son tour.

Selon l'usage des riches fermiers du Josas, qui vont à la moisson comme ils iraient au triomphe, il était à cheval, monté sur une lourde bête blanche, si bien parée de rubans rouges aux oreilles, qu'elle hennissait d'aise, et il ne semblait, en vérité, guère moins content que sa monture. Choblet, qui le précédait, regarda le maître d'école. Celui-ci se mit à sourire, celui-là poussa son glouglou, et tous deux haussèrent les épaules d'un air de profonde pitié.

Au vrai, tout le Josas avait été confondu la veille en voyant le beau-fils déboucher si lestement dans le bourg de Prunay, à la tête des moissonneurs de son père. Sauf quatre hommes qu'on ne connaissait point, c'étaient les mêmes qui, l'année précédente, avaient moissonné pour lui, et leur vue seule devait rouvrir sa blessure. Mais, lorsque entré avec eux au cabaret, il avait lui-même excité leurs chants et rendu d'un cœur si joyeux les santés qu'ils lui portaient, ces menaçantes santés dont le bruit avait arrêté Jacques sur la route, personne alors n'en avait voulu croire ni ses yeux ni ses oreilles. Pierre prenait son parti de sa ruine ! Pierre ne quittait pas le pays !

Il n'y restait, au contraire, que de plus belle ! Il devenait le premier valet de son père, passant ainsi sans coup férir du grade de général à celui de sergent. Quelques sages avisèrent pourtant le mot de l'énigme.

— Magloire le père était fin, mais il était vieux ; il avait voulu rentrer dans le bien de sa femme, mais il voulait en jouir à son aise ; et c'était une rude tâche pour lui que de surveiller la moisson. Et l'on sut bientôt que, la surveille, au milieu de la nuit, il était allé trouver Pierre, au fond de sa retraite, pour lui renouveler ses offres réelles et ses bonnes paroles, et lui proposer de commander encore à la ferme, en second sans doute, mais, enfin, d'y commander !

Voilà pourquoi, la veille au soir, bien que sa troupe fût complète, Pierre avait enrôlé de sa propre autorité ces quatre nouveaux moissonneurs que personne n'avait jamais vus. C'étaient de chétifs compagnons, dé-

guenillés et d'une laide mine, au teint plombé par
un autre soleil que celui d'Europe. Choblet les ayant
rencontrés, disait-on, dans la ville voisine, les avait
amenés à la ferme. Du premier coup d'œil, le maître
d'école les avait reconnus pour n'être pas de ces bandes
travailleuses qui descendent à chaque moisson de
Normandie ou de Belgique; ils se faisaient passer
pour Parisiens, et il ne les en avait pas moins acceptés
sans dire un mot. Le bonhomme n'épargnait rien pour
mener rondement une besogne; il aurait gagé toute
la terre pour en finir plus vite avec la moisson, et
aussi pour que son cher fils lui devînt inutile au moins
jusqu'aux semailles.

Mais, en revoyant les Parisiens à la clarté du jour,
le vieux renard se mit à regretter d'avoir été si facile.
Ces maigres tournures ne le flattaient point; il comptait tout bas ce que de pareils moissonneurs allaient
faire de gerbes. Tout à coup, tandis qu'il les exami-
nait, il crut surprendre un signe d'intelligence entre
Pierre et le plus âgé des quatre. Il regarda plus atten-

tivement son fils. — Il y a du nouveau, se dit-il; je m'étais trompé.

Ce n'était, en effet, ni son gros cheval blanc paré de bouffettes, ni tout cet appareil de maître et seigneur au milieu duquel il n'espérait plus se montrer, qui mettaient Pierre en si grande joie; il avait d'autres raisons de se trouver heureux. Son œil jaunâtre s'éraillait de lueurs rouges, le sang lui montait aux joues en bouillonnant sous la peau, un lourd sourire errait sur ses lèvres béantes, et il jouissait évidemment d'une mauvaise pensée dont l'accomplissement n'était pas loin. Il demanda brusquement si l'on n'allait point partir. Tandis que les moissonneurs faisaient leurs derniers apprêts, il s'amusait méchamment à tourmenter sa monture avec sa houssine de noisetier.

Aussi, quand la troupe fut sortie de la cour, le maître d'école se rendit-il sous le portail d'un pas fort méditatif, suivant son cher fils des yeux. Sa petite tête allait toujours; il remarqua que les quatre

Parisiens marchaient en avant de tous leurs compagnons, autour du cheval de Pierre. Choblet marchait
avec eux.

Il était quatre heures alors. Une vapeur violâtre et
chaude enveloppait la campagne, et parfois un rayon
passait comme une longue flèche d'or dans ces
lourdes fumées de la terre embrasée par la sécheresse. C'était la matinée menaçante d'une terrible
journée. Les moissonneurs cheminèrent d'abord au
creux de la vallée, silencieusement, comme s'ils s'é-
taient recueillis pour la lutte; Pierre et ses compagnons, qui formaient l'avant-garde, avaient seuls le
cœur de causer en face de ce soleil impitoyable qui
déchirait de toutes parts son linceul et brûlait déjà
tout le côté de l'Orient. Le jeune maître se tenait
penché sur le cou de son cheval, écoutant avidement
le plus vieux des Parisiens qui lui parlait à l'oreille;
de temps en temps il se retournait, répétant à Choblet
ce qu'il venait d'apprendre, et le même sourire hai-
neux passait sur sa bouche. La troupe, cependant,

avançait toujours. D'autres bandes, sorties des fermes voisines, apparurent dans le lointain, sur le penchant des coteaux; des femmes, qui s'en allaient au glanage à travers les pièces, attendirent au passage les mois-sonneurs de la Louvette, et se mirent hardiment à leur suite en chantonnant de vieux refrains. Au lieu de les chasser, comme il faisait tous les ans, Pierre venait de les encourager d'un signe à le suivre; il agissait en bon riche depuis qu'il ne possédait plus rien. Après ce mouvement du cœur, il toucha le bras du vieux Parisien :

— Il y aura bien du monde à la moisson, lui dit-il.

Puis il se mit à rire aux éclats et lança son cheval à toute bride. On arrivait au pied du plateau de la Grange-Dame-Rose. Sur le sommet du plateau, à la limite commune des deux fermes, s'étendait une vaste pièce qui descendait d'un côté vers le vallon, et tou-chait de l'autre côté aux premiers blés des Bonge-noux. Au risque de se rompre vingt fois la tête, Pierre

continua de gravir la côte au galop; il agitait sa houssine en l'air et poussait des cris sauvages; il ne s'arrêta que devant l'étroit sentier qui séparait les deux
champs. Il n'y eut que Choblet et les quatre Parisiens
qui essayèrent de le suivre. Les Normands montèrent
sans se troubler, lentement, de leur pas lourd; mais,
lorsqu'ils eurent atteint le sommet de la pente et la
limite de la pièce, à leur tour ils s'agitèrent. La bande
des moissonneurs de la Grange-Dame-Rose s'avançait
dans l'autre champ; Jacques Bongenoux était à leur
tête. Un cri s'éleva de la troupe de la Louvette : Voilà
les Belges !

Il n'y avait, en effet, que des Belges à la Grange-
Dame-Rose, car les Normands que Jacques avait ga-
gés quinze jours auparavant pour la coupe du colza
n'avaient point voulu renouer avec un maître si rude,
et s'en étaient allés tous à la Louvette. Les deux
bandes rivales se mesurèrent de loin. Les Normands,
grands pousseurs de huées, s'étaient rangés sur une
ligne au bord de leur champ, et les Belges conti-

nuaient de marcher sous cette grêle d'injures et de
défis. L'un d'eux pourtant se mit à brandir sa faucille, les autres grondèrent.; ces têtes carrées s'échauf-
faient. Mais Jacques commanda la halte, et poursuivit
seul jusqu'au sentier.

Il était livide, mais il marchait d'un pas rapide et
ferme, les bras croisés sur sa poitrine et la tête haute.
Il rejeta son chapeau de paille, afin que le vieux Simon, si c'était lui, le reconnût mieux. Le soleil éclairait en plein ce morne visage, et le vent soulevait ses
cheveux roux. S'il ne s'était pas trompé la veille, si
c'était bien la voix de Simon qu'il avait entendue
dans le cabaret du bourg, il pouvait éviter, pendant
quelques jours du moins, la fatale rencontre; il pouvait conduire les moissonneurs sur un autre point de
la ferme, loin des terres de la Louvette. Mais il n'a-
vait pas voulu remettre à voir encore une fois la destinée face à face, et maintenant le duel était engagé.

Le groupe qui se pressait autour du cheval de Magloire, et qui ne prenait point de part aux cris des

Normands, s'avança jusque dans le sentier. Il n'y avait point là que le vieux Simon ; Bertrand aussi faisait partie des moissonneurs de la Louvette, Bertrand, le cousin de Jean Laigue, et avec lui trois des autres compagnons du *Cyclope*. Un seul manquait : celui-là peut-être était mort. Jacques se sentit encore chanceler malgré son courage. Mais le vieux Simon passa hardiment dans la pièce de la Grange-Dame-Rose.

— Bonjour, Jacques ! cria-t-il de loin à son ancien camarade en courant à lui la main ouverte.

— Je vous salue, monsieur Bongenoux, répéta Magloire.

Jacques ne refusa pas sa main à Simon. Mais ce fut Magloire et les siens qu'il regarda de son œil terrible. Il savait que ses vrais ennemis étaient là, tandis que d'un mot il croyait pouvoir regagner son vieux camarade. Magloire se balançait en ricanant sur son cheval, et faisait siffler sa houssine. Bertrand restait impassible; il attendait.

— Jacques, lui dit Simon de sa voix piteuse et caressante, tu ne me regardes même pas.

Jacques laissa retomber ses yeux sur lui. Simon, en ces quelques mois, avait vieilli de dix années. Une plus laide misère, la misère d'Europe, avait fouillé de son dur ciseau cette face servile ; les cheveux gris de l'ancien mineur étaient devenus blancs.

— Vous avez donc été bien malheureux, lui dit Bongenoux avec tristesse, pour être venus jusqu'ici. Vos beaux projets n'étaient que fumée. Les villes n'ont pu vous nourrir ; vous avez fait comme moi, vous avez repris le métier de vos pères, et vous moissonnez maintenant.

— Nous avons fait comme toi ! reprit Simon avec une violence qu'il ne fut point le maître de contenir. Mais nous mourions de faim ; nous sommes toujours des vagabonds, nous autres. Tu es bourgeois à présent !

— Voilà donc ce qui vous a poussés jusqu'ici ! s'écria Jacques. L'envie ! On moissonne partout en deçà de la Loire, mais vous saviez bien où était située

la Grange-Dame-Rose; vous n'avez mis le pied dans
le Josas que pour vous informer de moi; et quand
vous avez appris que j'étais heureux, vous avez voulu
vous venger de ce que vous appelez mon bonheur.

— Ce n'est point cela, balbutia le vieillard; ce n'est
point cela. Nous ne songions guère à nous gager
dans le canton. Nous étions assis tranquillement dans
une hôtellerie de la ville voisine, quand un homme
s'est approché de nous. Il a su que nous venions du
pays de l'or, et nous a demandé si nous connaissions
Jacques Bongenoux de la Grange-Dame-Rose. Il nous
a enrôlés alors. Mais nous ne savions point que la
ferme de ton oncle fût si proche de la Louvette. Cet
homme était, je crois, le berger de Magloire, autrefois
le tien...

— Taisez-vous! cria Jacques.

— Simon va céder, dit Bertrand à l'oreille de Magloire. — Celui-ci sauta hardiment à bas de son cheval. Il se décidait enfin à abandonner cette forteresse
vivante, où, jusqu'alors, il s'était cru plus en sûreté

qu'à terre. Choblet tenant en main la bride du cheval, passa derrière les moissonneurs : les huées recommencèrent. Cette fois c'était bien à Jacques que les Normands en voulaient; mais ils n'osaient pourtant passer des cris à l'insulte, Jacques était trop près d'eux, et ils le connaissaient trop bien.

— Que voulez-vous de moi? leur demanda-t-il.

Pas un n'osa répondre; mais Magloire, l'intrépide Magloire, saisit Bertrand par la main et le poussa devant lui.

— Si ceux-là se taisent, s'écria-t-il, en voici un qui peut parler.

Le visage fauve de Magloire grimaçait un affreux sourire.

— Eh bien, monsieur Bongenoux, fit-il, vous voyez bien que nous vous connaissons.

—Jacques, ne te fâche point, lui dit Bertrand. C'est assez d'avoir tué un homme.

— C'est bien assez d'un crime, reprit Simon en gagnant l'autre bout de la pièce.

— C'est assez de Jean Laigue, hurla Magloire.

Bongenoux s'élança comme un lion, sans presque toucher le sol, sans regarder autour de lui. Il ne voyait plus même Bertrand, qui recula; il allait tout droit à Magloire. Pierre leva sa houssine; mais avant qu'il n'eût frappé, il roulait à terre en poussant un cri. Jacques lui mit le pied sur la poitrine. Les Belges s'ébranlèrent, les glaneuses étaient accourues au bruit de la lutte : Jacques promena lentement les yeux sur cette foule épouvantée.

— Écoutez tous ! s'écria-t-il. Quand j'ai tué Jean Laigue, il m'avait volé pendant mon sommeil. Je l'ai poursuivi dans la montagne, j'ai tiré sur lui comme sur une bête fauve. Je me suis repenti pourtant de l'avoir tué; quand je l'ai vu tomber, je n'ai pas voulu reprendre mon or, et voilà comment il se fait que je suis resté pauvre. Avez-vous entendu, vous autres ? Et maintenant, qui m'accuse ?

Magloire râlait sous le poids de son ennemi. Jacques retira son pied.

— Voilà qui est fini, dit-il.

Pierre était debout.

— A moi! cria-t-il d'une voix presque inarticulée, en s'adressant d'abord à Bertrand et à ses compagnons. A moi, lâches! Aux faux! répéta-t-il en se retournant vers les Normands.

Mais ils restaient frappés de stupeur, et Jacques s'éloignait avec les Belges. Il ne regarda pas une seule fois en arrière, et traversant la pièce à la tête de sa troupe muette, il la conduisit dans un autre champ plus petit, sur le versant opposé du plateau. On travailla tout le jour; le bourgeois prit la faucille et donna l'exemple : chacun de ses coups abattait un pan de la muraille d'épis; avant le soir la terre était nue. Lorsqu'on reprit le chemin de la Grange-Dame-Rose, l'un des Belges s'approcha de Jacques et lui demanda curieusement où il les conduirait le lendemain.

Mais il se mit à rire d'un air égaré.

— Qui sait si c'est moi qui vous conduirai demain ? répondit-il.

16

On entrait à ce moment dans la ferme; il s'achemina vers le jardin.

Marcelle était assise comme à l'ordinaire sous le
poirier; jamais elle n'avait eu l'air moins rêveur.
Elle tenait à la main son interminable broderie;
jamais elle n'avait si lestement tiré l'aiguille. Peut-
être ne sait-elle rien encore, se dit-il, et il s'arrêta
pour la considérer de loin. La pensée lui vint qu'il
la voyait pour la dernière fois, et une sueur glacée se
répandit sur son front. La fibre héroïque et sauvage
si violemment réveillée en lui le matin par les approches du danger allait de nouveau s'assoupir; et pourtant il sentait bien que l'heure du vrai courage était
venue, car tout était consommé. Dans ce suprême
malheur, il ne lui restait plus qu'à choisir entre deux
partis également funestes, qui tous deux le séparaient
à jamais de Marcelle, et qu'il avait mûris alternativement pendant tout le jour, ou de quitter le pays en
secret comme un coupable, ou d'en finir avec la vie.

— Allons, fit-il en s'engageant dans l'allée; et il

jura que l'accueil de la jeune femme allait décider de son sort.

Si tranquille que parût Marcelle, au bruit des pas de son cousin elle se trouva debout. Sa bouche souriait, mais elle ne fut point maîtresse du tressaillement nerveux qui agita le reste de son visage, et elle ferma les yeux pour cacher le trouble de son cœur. — Jacques baissa la tête : Marcelle savait donc ce qui s'était passé le matin dans les deux pièces. — Si elle ne le savait point, il allait avoir à le lui dire ; cette seule idée le rendit à sa farouche énergie.

— Ma cousine, dit-il d'une voix étouffée, j'ai une grâce à vous demander : il faut que pour cette fois-ci vous me rendiez *décidément* ma carabine.

Marcelle, sans répondre, se mit à courir vers la maison. Il la regarda passer au milieu des platesbandes, légère comme une ombre. Et, en effet, il lui semblait déjà ne plus voir dans la jeune femme que l'ombre de celle qu'il avait aimée. Il ne comprenait rien à cette folle course. — Que va-t-elle faire? se

disait-il avec angoisse. A-t-elle donc consenti si aisément à ce que je viens de lui demander? Va-t-elle me
rendre la carabine?

Mais la jeune femme reparut bientôt, l'arme au
bras. Elle s'avançait d'un pas militaire; quand elle
fut arrivée plus près de Jacques, elle éclata de rire.

— Feu! lui cria-t-elle en faisant mine de le coucher en joue. Mais prenez donc garde à vous, mon
cousin; je manie cela comme Jeanne d'Arc maniait
sa lance. Et, en vérité, je n'en suis pas à mon coup
d'essai.

Jacques retrouvait son enchanteresse, la vaillante
et douce créature qui avait osé braver ses mauvais
rêves, tromper ses colères, et qui avait été si près de
le rendre heureux. Jamais Marcelle n'avait su prendre avec lui le ton du badinage sans y mêler un reste
de contrainte; cette gaucherie était sa vraie grâce et
ce qu'il aimait le mieux en elle.

— Laissez cette arme, lui dit-il... Pourquoi riez-
vous? Je ne veux plus vous voir rire!

Et il se laissa tomber sur le banc. Mais elle vint doucement s'asseoir auprès de lui.

— Je vais vous faire une question à mon tour, lui dit-elle tout bas. Pourquoi m'avez-vous redemandé votre carabine? Songiez-vous encore à partir?

— Non, non, lui dit-il.

— Tenez, s'écria-t-elle, je vous ai soupçonné pendant un instant d'une plus mauvaise pensée.

— Eh bien, oui, fit-il d'une voix éclatante. Cette pensée, je l'ai eue !

Elle se leva.

— Ce n'est pas possible, s'écria-t-elle. Vous n'avez pas pensé à vous... Vous n'avez pas pensé cela. — Finissons ce jeu, mon cousin. Je sais tout ce qui s'est passé ce matin sur le plateau.

Jacques poussa une sourde exclamation et n'essaya point de répondre. Au bout d'un instant de ce silence terrible, il leva pourtant les yeux. — Marcelle pleurait. — Alors il lui prit les deux mains et s'en couvrit la face.

16'

— Vous voilà bien puni, lui dit-elle, pour vous être encore défié de moi.

Les mots du cœur lui venaient en foule, mais elle hésitait à poursuivre. Elle n'attendait pas de Jacques cette douleur impuissante et morne ; elle ne croyait pas l'avoir si absolument vaincu. Voyant enfin ce qu'elle avait fait de cette âme indomptable, pendant un moment elle eut peur de son ouvrage.

— Oui, reprit-elle, je sais tout ! — Y a-t-il dans ce mot-là de quoi vous effrayer ? — Dites-moi, mon cousin, êtes-vous plus coupable aujourd'hui que vous ne l'étiez hier ? Ah ! je ne puis vous rendre la joie que je ressentais à écouter le récit de cette horrible scène. Nos ennemis à tous deux vous ont accusé : ils ont bien fait, car je sais maintenant ce qu'il faut penser de vos regrets et de vos remords. Leur complot m'a bien servie, moi ; mais vous, pourquoi n'êtes-vous pas revenu des champs avant le soir ? Vous avez douté de mon amitié ; vous m'avez cru lâche ! C'est vous qui l'êtes, puisque vous avez eu peur de me revoir. Tout cela, Jacques, est-il vrai?

— Je n'ai jamais douté de votre amitié, murmura-t-il.

— Vous n'avez jamais cessé d'en douter, reprit-elle avec tristesse. Voilà votre vrai crime, celui que je ne veux point vous pardonner. Quant à l'autre, mon cousin, je n'y croyais plus. Ah! si vous aviez réellement commis un crime, Dieu m'aidant, je l'aurais oublié!

— Dieu! fit-il.

— Taisez-vous, dit-elle..., je vous connais à présent jusqu'au fond de l'âme; il y a longtemps que je vous ai deviné. Depuis lors, j'ai cessé d'être curieuse, car je prévoyais bien qu'un jour j'entrerais malgré vous dans votre secret. Et quel secret! ajouta-t-elle. Ah! Jacques, qui vous a poussé à me faire croire que vous étiez un meurtrier?

Il la regarda.

— Mais vous le savez bien, que vous n'êtes pas coupable! s'écria-t-elle. Quel plaisir preniez-vous à me tromper et à vous tromper vous-même?...

— J'ai donc bien fait de tuer Jean Laigue? s'écria-t-il en se relevant.

Elle n'hésita pas une seconde.

— Sans doute, répondit-elle, puisqu'il vous avait dérobé votre bien. On défend son bien et sa vie, Dieu le permet.

Jacques eut envie de s'agenouiller devant elle.

— Et maintenant, reprit-il, que faut-il faire? Si Magloire et ses compagnons m'insultent, s'ils persistent à me faire du mal, Dieu me permet-il encore de me défendre?

Marcelle eut un brusque mouvement de terreur.

— Ou bien dois-je courber la tête? s'écria-t-il, car ils ne s'en tiendront pas là. Magloire, qui les dirige, est ivre de haine...

— Défendez-vous donc, dit-elle, en lui montrant du doigt la carabine qu'elle avait déposée sur le sable. Je vous le permets, moi.

—Non, répondit-il, non, je ne veux plus me défendre. Je dois partir. Je ne voulais que vous éprouver une dernière fois, mademoiselle Bongenoux. Ah! vous avez un cœur d'homme. Mais vous voyez bien que j'ai vraiment commis des fautes, puisque le châtiment ne se lasse pas de me poursuivre. Gardez donc cette carabine maudite en souvenir de moi : je vous jure que je ne veux plus mourir. Mais il ne faut pas que mes ennemis me revoient demain dans le Josas : je partirai cette nuit même. Cela est dit. Adieu, Marcelle.

Et il s'éloigna lentement. Mais quand il fut au bout de l'allée, il voulut jeter un dernier regard en arrière. La nuit commençait à tomber : il distingua pourtant la jeune femme immobile et affaissée sur le banc. Elle se redressa tout à coup :

—Jacques ! dit-elle.

Il accourut et la saisit entre ses bras.

—Qu'il soit donc fait comme vous voudrez ! s'écria-t-il. Je reste, mais vous êtes à moi ! Non, non, reprit-il en la repoussant, je n'y pensais pas ; c'est impossible, car vous êtes riche : il y a ma pauvreté entre nous.

— Prenez garde! lui dit-elle d'une voix tremblante et en se dégageant doucement de son étreinte. Voilà votre orgueil qui reprend la parole. Mais tout à l'heure, en partant, vous ne songiez plus à votre dette. Faut-il que ce soit moi qui vous la rappelle? Vous n'avez qu'un moyen de la payer, Jacques, c'est de rester.

Il ne répondit pas.

— A moins, fit-elle tout bas... à moins que nous ne partions ensemble, mon cousin.

Jacques tressaillit. Pendant un instant ils demeurèrent là sans se parler et se contemplant tous les deux; puis il se laissa retomber sur le banc :

— Vous seriez ma femme? murmura-t-il.

— Votre femme... plus tard, répondit-elle. Et aussi un peu votre mère, reprit-elle avec un sourire; car si fort que vous croyez être, mon pauvre Jacques, il faut souvent veiller sur vous comme sur un enfant.

Jacques était debout. Il voulut la ressaisir dans ses

bras, mais elle s'enfuit vers la maison. Il hésita un moment encore, puis il s'élança pour la suivre.

Alors un rire étouffé retentit dans le fond du jardin ; une ombre se détacha de la haie d'aubépine et se mit à ramper le long des carrés. Lorsqu'il eut atteint le poirier, l'homme s'arrêta. Il chercha longtemps des yeux et des mains sur le sable, aperçut la carabine, puis il se redressa en poussant une seconde fois son rire aigu ; et, chargeant la carabine sur son épaule, il prit un élan terrible et regagna le chemin.

Marcelle, une heure après, rentrait dans le jardin, car, avant de se retirer dans sa chambre, elle avait songé à la carabine oubliée sous le poirier. Dans son bonheur, elle avait besoin de revoir cette étrange et fatale relique du passé de Jacques. Elle la chercha longtemps et ne la trouva point. Il l'aura reprise, se dit-elle. Qu'en veut-il donc faire ?

Inquiète de cette pensée, elle se leva dès le point du jour. Mais en arrivant sous le poirier, elle reconnut que, la veille, elle s'était méprise : la carabine était

toujours là ; seulement, elle avait été laissée le soir sur
le sable, et le matin, se trouvait sur le banc. Mais la
jeune femme n'y prit point garde ; elle remporta l'arme
dans sa chambre et lui rendit sa place sous le rideau.

XIV

Le vieux Magloire devenait fort prudent depuis qu'il
était redevenu le maître. Il ne se lassait point de parler
de la bonne leçon que *Monsieur* son fils avait reçue de
Jacques Bongenoux sur le plateau ; son cœur de père
s'en pâmait d'aise ; il en riait à se tordre, et pour
donner pleine satisfaction au bourgeois de la Grange-
Dame-Rose, il avait chassé les Parisiens dès le soir
même. Mais les quatre compagnons refusaient de
quitter le pays ; ils s'étaient résolûment installés à
l'auberge de Prunay et ils y tenaient table ouverte. Au
milieu de tous les badauds du pays, Simon, le verre

en main, la larme à l'œil, racontait vingt fois par jour la mort de Jean Laigue, et des malédictions s'élevaient de tous les coins de la salle enfumée contre Jacques Bongenoux, l'assassin. A la tombée de la nuit, Pierre Magloire rejoignait au cabaret ses quatre complices. Après quelques bouteilles bues et quelques nouveaux projets de vengeance, dans l'embarras de payer les unes et de consommer les autres, il s'échappait, traversait en trébuchant les chemins ravinés du bois, et venait rôder aux alentours de la Grange-Dame-Rose.

La ferme était muette. Un étrange repos régnait dans cette enceinte, ordinairement si bruyante; les Belges étaient repartis la veille, bien que la moisson ne fût pas achevée. Depuis la terrible scène du plateau, Jacques n'avait point reparu dans les champs, et Pierre doutait même qu'il fût sorti de la maison: Marcelle descendait encore dans son jardin plusieurs fois le jour, mais seule, triste comme autrefois; la tête penchée sur sa poitrine, elle parcourait lentement les al-

17

lées, s'arrêtait un instant à rêver sous le grand poirier et retournait au logis. La nuit, une lumière pâle brillait dans sa chambre. Magloire, embusqué sous les troënes, la regardait vaciller longtemps et s'éteindre; il creusait la terre sous son pied et brisait une à une les branches de la haie; il ne pouvait se résoudre à quitter son poste, et il attendait toujours ! Mais l'aube venait, il fallait partir. — *Je l'ai pourtant chargée,* se disait-il en s'éloignant, et il reprenait le chemin du bourg, rentrait au cabaret et réveillait Simon ou Bertrand, qui dormaient au milieu des verres. — Tonnerre! s'écriait-il en frappant du poing sur la table, Jacques fait comme vous autres, il dort! Ne pouvez-vous me donner quelque bonne idée?

Mais un matin, — c'était un dimanche, — en ouvrant la porte du cabaret, Pierre Magloire recula de surprise : la salle était vide. Pierre appela Simon : ce fut le cabaretier qui se présenta. L'honnête homme avait à la main un formidable papier long pour le moins d'une demi-aune; c'était le détail des dépenses

que les Parisiens avaient faites dans son auberge. —
Le maître d'école, voyant que les quatre compagnons
s'obstinaient, malgré ses menaces, à demeurer dans
la commune, avait eu recours au maire qui les en
avait fait sortir. — Pierre prit le papier, et l'ayant fort
soigneusement mis en morceaux, il tourna le dos au
cabaretier, sortit et referma la porte.

Il y avait du monde, ce matin-là, sur la place du
bourg, le dimanche étant jour de marché dans toutes
les campagnes. Un groupe nombreux de maîtres fermiers se promenait devant la maison du notaire dont
les deux panonceaux reluisaient au soleil comme
deux gigantesques écus d'or. Pierre s'approcha : on
lui fit place, car on était curieux de le voir, depuis
l'affaire du plateau. Six heures sonnèrent; la maison
du notaire s'ouvrit et l'un des clients entra... puis il
en sortit au bout d'un instant, étourdi, confondu,
écrasé par ce qu'il venait d'apprendre. La Grange-
Dame-Rose et Bel-et-Bas allaient être mis en vente!

Un frémissement de surprise et de rage passa dans

cette foule. Chacun voulut courir à la source de la nouvelle; en une seconde l'étude du notaire fut envahie. Rien n'était plus vrai que cette mise en vente : le clerc rédigeait l'affiche. Les richards du Josas s'en retournèrent la tête basse, car ils pensaient que la *Demoiselle* échappait décidément et pour jamais aux galantes manœuvres de leurs fils : le Californien les avait vaincus. Il n'y eut que Pierre Magloire qui fît bonne contenance; en ce moment il retrouva même sa belle gaieté. Du bout de son bâton ferré, il se mit à tourmenter le tronc des jeunes tilleuls qui ombrageaient la place. — Bah! dit-il en serrant les dents, vous verrez bien *s'ils* s'en iront!

Mais le jeune maître ne s'était point aperçu que depuis sa sortie de l'étude, Choblet était sur ses pas. Le sempiternel glouglou le fit se retourner.

— Bon! lui dit tout bas le berger, *ils* ne s'en iront pas? Jacques est parti depuis cinq jours.

— Parti! hurla Pierre. — Où est-il? Tu mens, mille diables! Comment sais-tu qu'il est parti?

Puis il le prit par le bras, et comme le vieillard ne lui opposait aucune résistance, il l'entraîna loin de la place.

— Comment sais-tu qu'il est parti? répéta-t-il d'une voix sourde.

Choblet haussa les épaules.

— Pour sûr, je le sais, dit-il; oh! pour sûr.—Mais, bon! vous ne me croiriez seulement point, si je vous disais comment je l'ai su.

— Quand reviendra-t-il? continua Pierre. Le lâche s'est sauvé; nous lui faisions peur, vois-tu... Et la Grange-Dame et Bel-et-Bas sont en vente. Qui aura l'argent, si ce n'est lui?

— Bon! fit Choblet, il aura aussi la bourgeoise.

Pierre frappa le pavé de son bâton, qui se brisa.

—Où est-il allé? s'écria-t-il. Parle! Qu'attends-tu ? Qui t'a dit qu'il n'était plus à la ferme?

Choblet leva son petit doigt en l'air; on aurait dit la baguette d'ivoire d'une vieille fée, tant ce doigt était long et maigre : le berger le toucha gravement de l'index de la main droite.

— Qui m'a dit cela? répéta-t-il en regardant Magloire en face. Voilà celui qui me dit tout. Bon! monsieur Magloire, si votre petit doigt était sorcier comme le mien, il vous aurait appris que la demoiselle était seule, et vous n'auriez point passé trois nuits blanches. Pardié! la bourgeoise, ma foi, n'a guère idée de jouer avec la carabine quand le bourgeois n'est point là.

Un nuage passa sur les yeux de Magloire, son cœur se souleva dans sa poitrine, il chancela.

— Bon! lui dit Choblet en retournant vers la place, *vous l'aviez pourtant chargée!*

C'était le mot que Pierre avait laissé tomber le matin même en s'éloignant de la Grange-Dame-Rose. Il s'assit dans la poussière, au bord de la route, les pieds dans le fossé, en proie à une folle terreur. Chacune de ses actions, de ses pensées même, avait un témoin depuis quatre jours! Le berger avait dû le suivre pas à pas, comme son ombre. « Non, pourtant, se disait-il, je l'aurais vu. » Il pensait au fond du cœur que le diable plutôt lui avait tout dit.

Mais Choblet pouvait 'parler ! Pierre retrouva des forces ; il s'élança sur la route à la poursuite du vieillard, et le rejoignit au moment où il atteignait la place.

— Ce n'est pas vrai ! lui cria-t-il en l'arrêtant, ce n'est'pas vrai ! tu le sais bien.

— Bon ! répondit Choblet, qu'est-ce qui n'est pas vrai, monsieur Magloire ? que Jacques Bongenoux est parti ?

Pierre se tordit les mains.

— Écoute, dit-il. C'est toi qui avais trouvé les Parisiens à la ville...

Le berger se mit à rire.

— Pour sûr ! répliqua-t-il, ils sont bien loin maintenant, vos Parisiens, car les gendarmes les mènent. Votre père, tout de même, vous a joué là un bon tour, monsieur Magloire. Oh ! ce n'était qu'histoire de rire et pour votre bien. Ces compagnons-là vous coûtaient gros.

— C'est toi qui les avais trouvés à la ville, répéta
Magloire. C'est toi qui les as fait venir à la Louvette;
c'est toi qui as imaginé le complot contre Jacques
Bongenoux. Tu lui en voulais, à ce moment-là.

Choblet ne sourcilla pas.

— Bon! dit-il, je ne le hais point.

— Tu lui as donc pardonné bien vite! s'écria Magloire. C'est lui pourtant qui t'a chassé de la Grange-
Dame-Rose, où tu servais depuis vingt ans; il t'a
chassé comme un larron...

Choblet tira du fond de sa gorge un formidable
glouglou.

—Possible, qu'il m'ait chassé, dit-il, et, pour sûr,
ça n'est pas bien! — Mais, voyez-vous, monsieur Magloire, nous n'avons point tous les deux la même
idée, quand il s'agit comme ça de nous revenger.
Bon! vous faites ce que vous voulez; chacun a son
goût, pardine. Je n'aime point tuer, moi!

Magloire jeta autour de lui un regard stupide. —
Personne, sur la place, n'avait entendu le dernier mot

du berger. Choblet reprit sa marche lente et mesu-
rée; Pierre n'essaya plus de le retenir. Il voulait aussi
s'éloigner du bourg, mais une force invincible le
clouait sur le sol. D'épouvantables images se dressèrent devant ses yeux : il se vit assis entre deux gendarmes, sur le banc funeste, dans la grande salle des
assises, où la curiosité l'avait conduit plus d'une fois,
quand il allait à la ville. Un homme en robe rouge le
pressait de terribles questions, et il restait muet; une
robe noire se levait dans le coin de la salle, et requé-
rait le châtiment au nom de la loi... Puis les douze
jurés se retiraient en silence, et il attendait son destin!...

— Que faites-vous donc là, monsieur Magloire? lui
demanda un jeune garçon qui passait. — Pierre ne
répondit pas, il s'enfuit; en un instant il eut dépassé
les dernières maisons de Prunay et il s'enfonça sous
le bois.

Mais à mesure qu'il avançait dans les halliers, il se
sentait revivre. Il traita bientôt sa vision de folie; sa

17*

terreur même cédait à l'intensité du désir qui le poussait encore vers la Grange-Dame-Rose. Il connaissait Choblet : le rusé vieillard ne parlerait pas. « S'il se tait, pensait-il, si le lendemain du retour de Jacques, par exemple, la carabine venait à partir, qui saurait que c'est moi qui l'ai chargée ?

Et il se mit à songer à la mystérieuse absence du Californien. Peut-être Jacques s'était-il en allé pour ne jamais revenir ; peut-être abandonnait-il la partie, de guerre lasse, pour échapper à ses ennemis. La Demoiselle, elle-même, après la scène du plateau, ajoutant foi aux accusations qui s'élevaient contre son cousin, épouvantée de vivre face à face avec un meurtrier, pouvait bien l'avoir brusquement prié de chercher fortune ailleurs qu'à la ferme. Peut-être vendait-elle la Grange-Dame-Rose pour se retirer à la ville, où il serait bien moins aisé à Jacques de la poursuivre. Mais cette supposition était si vaine, que, malgré son ardente envie de la trouver vraie, Pierre n'osa s'y arrêter. Que lui importait, au reste, le motif qui éloignait le Californien de la Grange-Dame-Rose, momentanément ou pour toujours? Jacques était absent, tout était là. Pierre releva tout à coup la tête et poussa un ricanement sinistre qui se prolongea sous le taillis.

— A nous deux maintenant, dit-il, elle est seule !

Oui, Marcelle était seule. Elle faisait seule ses apprêts de départ, car il n'était que trop vrai qu'elle allait partir; il était vrai que le bien des Bongenoux allait changer de maître. La jeune femme ne se lassait point d'errer nuit et jour dans la maison sacrée qu'elle abandonnait pour jamais. Il y avait des coins de la ferme où elle revenait dix fois par heure. Elle contemplait ces vieux murs dont elle connaissait toutes les mousses, ces arbres chargés de fruit vert qui mûrirait pour le nouveau possesseur; elle respirait longuement le parfum de ces pauvres fleurs qu'elle avait soignées comme ses filles. Souvent elle s'en allait au bord du bois et regardait d'un œil vague à travers les feuilles. Et puis elle regagnait le logis et le visitait pas à pas, s'arrêtant devant chaque meuble, saluant d'un sourire trempé de larmes les objets qu'elle avait aimés, les prenant l'un après l'autre dans sa main et leur faisant son adieu. Elle leur parlait comme à de vieux amis, s'accusant de les fuir après un si long commerce de cœur, les suppliant de ne point la croire ingrate, et maudissant la fatalité de sa vie qui la forçait de renoncer à eux. Il lui semblait que toutes ces choses sans âme en trouvaient une pour lui répondre; elle entendait leur plainte muette et se courbait sous leurs reproches. Il fallait bien pourtant qu'elle les quittât; mais au moins elle emportait les plus chers. Depuis la veille, elle rangeait pieusement dans de grandes caisses les *curiosités* de feu Marcel Bongenoux; la vaisselle peinte et le musée d'images n'avaient pas été oubliés; le lit aussi, le lit mortuaire et l'antique bureau allaient suivre la fugitive; elle voulait, dans la maison nouvelle, refaire la chambre du mort.

Mais en quel lieu du monde allait-elle être cette maison nouvelle, ce nid d'amour si péniblement tramé, où Marcelle et Jacques, instruits à la crainte, voulaient enfermer leur bonheur naissant comme en une étroite prison? La jeune femme l'ignorait encore : que lui importait sous quels cieux Jacques la ferait vivre ? Elle avait compris la première qu'il fallait céder à tant de haines acharnées contre sa race; la première elle avait dit : Partons. Mais c'était assez de partir ; Jacques devait se charger du reste. Il la pressait pourtant de choisir elle-même leur retraite; prenant alors une carte de France, et posant son doigt sur la Touraine, elle lui avait dit : Allez là. Quelque chose l'attirait vers cette terre souriante et douce qu'elle n'avait jamais vue : Jacques, une heure après, se mettait en route. Le cœur ferme et le sourire dans les yeux, elle l'avait accompagné jusqu'à la carriole qui devait le mener à la ville. Comme il s'étonnait de la trouver si forte et qu'il lui demandait, penché vers elle, si elle ne gardait pas quelque regret au fond de l'âme, elle lui avait répondu seulement : « Ah ! Jacques, il n'y a pas de franc bonheur ! »

Cinq jours depuis lors s'étaient écoulés : elle avait reçu quatre lettres ; mais ses forces étaient à bout. Seule en présence de cette cruelle idée du départ, elle s'y absorbait tout entière. Le froid de la solitude chassait une à une les chères pensées qui eussent allégé sa tristesse, comme l'hiver en s'avançant chasse l'une après l'autre les troupes d'hirondelles. Depuis cinq jours elle buvait seule au calice et ne trouvait plus au fond que la goutte d'absinthe. Il était temps que Jacques revînt : sa lettre du matin, par bonheur, annonçait son retour pour le soir.

Ce fut encore une triste journée. La grande chaleur qui dévorait les champs avait tout à coup fléchi ; un cercle de nuées s'avançait du côté de l'ouest, un air moite sortait de la forêt, et les blés tourbillonnaient dans la plaine ; la pluie commença de tomber vers le soir. Marcelle était encore au jardin et souriait à ces torrents de pleurs qui coulaient du ciel. L'eau ruisse-

lait sur ses vêtements et faisait tournoyer le sable et
les feuilles mortes sous ses pas. Elle cueillait des
fleurs, n'hésitant plus à dépouiller ces bordures
qu'elle avait plantées avec tant d'amour et qu'un
étranger peut-être allait détruire. Elle voulait parer
sa chambre; il fallait qu'en entrant Jacques n'y
surprît que l'idée du bonheur et n'y vît qu'un air
de fête.

Elle déposa son bouquet sur la table, et commença
par dépouiller ses vêtements humides. La robe tomba
et s'enroula comme un nuage noir autour de ses pieds.
Une pensée lui vint alors, une étrange et vaillante
pensée. « Si je quittais le deuil pour aujourd'hui, » se
dit-elle. En la voyant sous de gais habits, Jacques ne
pouvait manquer de croire à la gaieté sincère de son
cœur, et il ne lui demanderait plus si en partant elle
ne regrettait rien. Elle ouvrit la grande armoire et en
tira une parure d'été; ce n'était qu'une robe d'indienne
à petits ramages, dont une bourgeoise de la ville aurait
voulu faire tout au plus un déshabillé. « Allons,

ajouta-t-elle, je reprendrai le noir demain... quand nous serons partis. »

La toilette de sa personne était faite ; celle de sa chambre lui restait à faire. Elle se mit à préparer le bouquet ; il n'était presque composé que de juliennes.

Elle orna d'abord les deux vases de la cheminée, et une odeur pénétrante s'éleva dans la pièce ; puis retournant à l'armoire, elle y prit la cassette de frêne qui contenait la julienne séchée, et la posa tout ouverte sur la table. Jacques, en entrant, allait être frappé d'un double souvenir. Marcelle alors dépouilla de leur enveloppe de mousseline les flambeaux d'argent à double branche qui décoraient aussi la cheminée, et les garnit de bougies qu'elle alluma. Les bougies étaient un luxe rare à la ferme ; feu Marcel Bongenoux n'avait jamais souffert qu'on en brûlât ailleurs qu'au salon. Quand cette vive lumière éclata devant ses yeux, la jeune femme s'arrêta tout interdite. Dans son désir de parer la chambre, elle craignit d'avoir commis encore quelque maladresse, de l'avoir, par exemple, trop bien parée, et elle jeta un regard inquiet autour d'elle. — Mais elle ne vit rien qui la choquât. — Seulement les rideaux du lit étaient ouverts ; elle les ferma, et l'austère couchette disparut sous les plis de calicot blanc qui l'entouraient. Elle s'assit alors et rêva.

Ces apprêts pourtant, cette vive attente, l'heure qui s'écoulait, la pensée de Jacques que chaque seconde rapprochait d'elle, ces lumières, cet air de fête, cette atmosphère d'amour enfin dont elle s'était entourée, tout cela agissait sur son cœur comme un rayon d'avril sur une tige mourante, et le réveillait doucement. Longtemps elle resta immobile, s'enveloppant dans sa rêverie, prolongeant à plaisir cette demi-tristesse qui se perce d'éclairs joyeux comme les brouillards du matin, et qui est le plus délicieux état de l'âme. Elle songeait encore au départ, elle y songeait toujours ; mais une autre idée vivifiante et chère venait effacer peu à peu ce qu'il y avait en celle-là d'amer et d'inconsolé. — Jacques, avant une heure, serait là ! — Il va venir, se dit-elle. Elle se remit à lire sa dernière lettre, celle qu'elle avait reçue le matin.

Et puis elle se leva et s'approcha de la fenêtre. Il était dix heures ; tout le monde dormait déjà dans la ferme ; la pluie tombait toujours à larges flots, frappant la terre avec force, rejaillissant sur le dôme des feuilles et sur les branchages du bois. Marcelle prêta l'oreille, cherchant à saisir le bruit de la carriole au loin sur la route. — Rien ! — Une inquiétude poignante lui traversa le cœur : un si long orage pouvait forcer Jacques à s'arrêter à la ville, au moins pour une nuit. Mais non ! elle le connaissait, elle savait bien qu'aucune force humaine ou divine n'était capable de le retenir loin d'elle, et qu'il viendrait plutôt sous une pluie de feu. — Pourtant la route était muette.

Tout à coup, devant la porte de sa chambre, Marcelle entendit un bruit de pas, des pas d'homme ; il lui semblait que quelqu'un s'était égaré dans le long corridor et cherchait à se retrouver dans les ténèbres.

— Ce n'est pas lui! s'écria-t-elle. — Et pendant un instant un vague effroi la retint immobile... Puis elle retrouva du courage, s'élança vers la porte, l'ouvrit, et recula en poussant un cri : c'était Magloire.

Il resta d'abord sur le seuil, il ne dit rien ; la joie de sa vengeance qu'il allait enfin satisfaire l'étouffait ; il ne pouvait articuler un seul mot. Seulement il étendit les deux bras vers la jeune femme et la couvrit de son regard injecté de sang. Marcelle reculait toujours, appelant les gens de la ferme à son aide ; mais la maison était vide, personne ne venait. Haletante, éperdue, elle s'adossa contre la fenêtre... Tout à coup elle se rappela que la carabine était là, là, derrière le rideau. Pierre devait ignorer qu'elle n'était point chargée. Elle la saisit.

— Lâchez cela ! hurla Magloire en s'élançant pour lui retirer l'arme terrible... Elle est chargée !

La carabine s'échappa des mains de Marcelle, mais la crosse vint frapper à terre ; une détonation retentit

dans la chambre, puis un grand cri : Magloire tomba
roide sur le plancher.

La carriole passait à ce moment sous la voûte de
la grande porte; Jacques entendit le coup de feu. Les
valets effarés sortaient des granges : d'un bond il traversa la cour, pénétra le premier dans la maison,
franchit l'escalier, et en entrant dans la chambre,
heurta du pied le cadavre de Magloire.

Mais il ne vit que Marcelle, froide, inanimée; il la
souleva dans ses bras. Les valets arrivaient enfin,
toute la ferme était là. La grande dame rose ouvrit
les yeux, jeta un regard égaré sur cette foule muette
de terreur; elle aperçut le mort et se redressa, puis
retomba dans les bras de Jacques.

— Eh bien, lui dit-elle, moi aussi j'ai tué un
homme!

— Qui avait chargé la carabine? lui demanda-t-il.

— Choblet ou lui, répondit-elle d'une voix éteinte.
Il savait qu'elle était chargée.

Le lendemain, dès le point du jour, le maire de Prunay, assisté par les gendarmes, suivi de Magloire le père qui pleurait, et de Choblet qui se gardait de rien dire, apparut aux portes de la Grande-Dame-Rose. Les valets consternés s'enfuirent devant la *justice* ; le magistrat et son escorte pénétrèrent dans la maison et arrivèrent jusqu'à la chambre de Marcelle. Choblet seul resta en arrière.

Marcelle était assise devant la fenêtre, muette, livide, écrasée. La vue du magistrat et des gendarmes ne parut point l'émouvoir ; mais elle aperçut à côté d'eux Magloire le père et se releva brusquement.

— Ce n'est pas moi ! s'écria-t-elle. Ce n'est pas ma faute ! Je ne l'ai pas voulu ! Je ne savais pas qu'*elle* était chargée.

Le maître d'école ne répondit point ; il venait d'aviser la carabine qui gisait sur le plancher. La crosse en avait été mise en pièces ; le canon semblait avoir été tordu par des bras de fer.

— Voilà le corps du délit, s'écria-t-il avec un sanglot. Voilà ce qui a tué mon fils !

Le glouglou de Choblet se fit entendre dans le corridor. Le juge de paix se retourna et fronça le sourcil, mais il ne vit rien : le berger avait disparu.

— Qui a brisé cette carabine ? demanda-t-il.

— Moi, dit Jacques d'une voix sourde. Je l'ai brisée parce qu'elle était maudite.

— Patience, monsieur le juge de paix ! s'écria le vieux Magloire; il va vous dire que la carabine est partie toute seule.

Mais d'un geste le magistrat lui imposa silence, puis il s'avança vers Marcelle.

— Mademoiselle Bongenoux, lui dit-il, quand vous avez tiré sur Pierre Magloire, étiez-vous dans le cas de légitime défense?

— De légitime défense!... répéta-t-elle d'un air incertain, comme si elle ne comprenait pas. Oui, je voulais me défendre de lui, mais je croyais seulement lui faire peur. Je ne savais pas, vous dis-je, personne ici ne savait que l'arme était chargée... C'est un horrible mystère. Il faut qu'on soit venu là, dans ma chambre... Tenez, s'écria-t-elle en étendant le doigt vers Choblet qui se décidait à se montrer enfin sur le seuil, celui-là seul pourra vous dire qui a chargé la carabine.

Choblet, comme toujours, haussa les épaules.

— Bon! fit-il; si on avait tant seulement dit devant moi que vous aviez une carabine sous vos rideaux, ma fine, j'aurais ri de bon cœur. Pour sûr, ce n'est point un joujou de dame.

Mais Marcelle se leva et marcha droit vers lui. Seulement, au milieu de la chambre elle recula encore d'un pas : il y avait par terre une trace de sang.

— Écoutez, Choblet, dit-elle, vous nous avez servis vingt ans, je vous connais bien. Vous n'êtes point un méchant homme; vous aimez à tromper et à mentir...

— Qu'il mente donc! s'écria Jacques. Que nous importe ce qu'il va dire! Finissons cette comédie, ma cousine. Vous avez tué Pierre Magloire parce qu'il était entré chez vous, la nuit, comme un malfaiteur. Vous étiez dans le cas de légitime défense, monsieur le juge de paix le reconnaît lui-même. Vous avez bien fait.

— Jacques, laissez-moi parler, dit-elle d'une voix ferme.... Choblet, ajouta-t-elle, répondez, je le veux. Qui avait chargé la carabine?

Choblet parut enfin se troubler sous ce pur regard de la bourgeoise.

— Bon! fit-il. Qui l'avait chargée?... De vrai, je n'étais venu jusqu'ici que pour vous le dire. Eh pardié! c'est bien le pauvre M. Magloire lui-même, que Dieu fasse paix à son âme! C'est bien lui qui s'était amusé comme ça à mettre une balle dans le canon, un jour qu'il avait trouvé la carabine sous le grand poirier. Quand il était caché là-bas, derrière la haie du jardin, il voyait le bourgeois et la bourgeoise qui jouaient avec l'arme, comme deux enfants; il ne les aimait guère tous les deux, ma fine, et il se disait tout de même..... « Si la carabine partait.... »

— C'est à présent qu'il ment! s'écria le maître d'école. Il ment! monsieur le juge de paix. C'est pour arrêter la justice! Chacun sait que mon pauvre Pierre n'était pas méchant.

Mais Choblet poussa son glouglou et se contenta de tourner les talons.

Quelques minutes après, le juge de paix quittait la ferme. Magloire le père le suivait encore, mais de bien plus loin, et il ne sanglotait plus; Choblet seul était resté dans la cour : Marcelle le rappela.

— Tenez, lui dit-elle en lui remplissant les deux mains d'argent et de certains papiers, dont le rusé Berrichon connaissait bien la valeur, voilà votre récompense.

Choblet voulut la remercier, mais il rencontra le regard terrible de Jacques qui ne semblait point approuver la générosité de sa cousine, et il se hâta de battre en retraite.

18

— Bon ! fit-il en descendant l'escalier, je ne ser-
virai plus chez personne. J'aurai ma maison, pour
sûr; et si je n'ai que deux moutons, ma fine, ils se-
ront à moi.

— Maintenant, s'écria la grande dame rose en se
retournant vers Jacques, maintenant, mon ami,
partons !

Il y a au fond de la Touraine une petite maison
tranquille et joyeuse que les voyageurs, en passant,
ne contemplent point sans envie. Elle est assise à
mi-côte, en regard de la Loire; une grande prairie
plantée de peupliers s'étend au pied du coteau : la
belle nappe verte ruisselle au soleil comme l'eau du
fleuve et se confond de loin avec elle. Le ciel a la

molle transparence qui n'appartient qu'à ce beau pays; une brise moite s'élève de la Loire et court paresseusement sur le front des peupliers. C'est le plus riant coin de terre de la province, c'est la retraite de Jacques et de Marcelle Bongenoux.

FIN

TABLE

FIN DE LA TABLE

Paris. — Imprimerie de Wittersheim, rue Montmorency 8.

COLLECTION MICHEL LÉVY.

Volumes parus et à paraître. — Format grand in-18, à 1 franc.

vol.

A. DE LAMARTINE.
Les Confidences. . . . 1
Nouv. Confidences. . . 1
Touss. Louverture. . . 1

THÉOPH. GAUTIER
Beaux-arts en Europe 2
Constantinople. . . . 1
L'Art moderne. . . . 1
Les Grotesques. . . . 1

GEORGE SAND
Hist. de ma Vie. . 10
Mauprat. 1
Valentine. 1
Indiana. 1
Jeanne. 1
La Mare au Diable. . 1
La petite Fadette. . 1
François le Champi. 1
Teverino. 1
Consuelo. 3
Comt. de Rudolstadt. 2
André. 1
Horace. 1
Jacques. 1
Lettres d'un voyag. 2
Lélia. 1
Lucrezia Floriani. . 1
Péché de M. Antoine 2
Le Piccinino. . . . 2
Meunier d'Angibault. 1
Simon. 1
La dern. Aldini. . . 1
Secrétaire intime. . 1

GÉRARD DE NERVAL
La Bohème galante. . 1
Le Marq. de Fayolle. 1
Les Filles du Feu. . 1

EUGÈNE SCRIBE
Théâtre (ouv. comp.) 20
Comédies. 3
Opéras. 2
Opéras comiques. . 5
Comédies-Vaudv. 10
Nouvelles. 1
Historiettes et Prov. 1
Piquillo Alliaga. . 3

HENRY MURGER
De3 . Rendez-vous. . 1
Le Pays Latin. . . . 1
Scènes de Campagne . 1
Les Buveurs d'Eau. 1
Vacances de Camille. 1

CUVILLIER-FLEURY
Voyag. et Voyageurs. 1

ALPHONSE KARR
Les Femmes. 1
Encore les Femmes. 1
Agathe et Cécile. . 1
Pr. hors de mon Jard. 1
Sous les Tilleuls. . 1
Voy.aut.de mon Jard. 1
Poignée de Vérités. 1
Pénélope normande. 1
Trois cents pages. . 1
Soirées de S-Adresse 1

Mme B. STOWE
Traduit. E. Forcade.
Souvenirs heureux. . 3

CH. NODIER (Trad.)
Vicaire de Vak. . . 1

vol.

LOUIS REYBAUD
Jérôme Paturot. . . 1
Paturot-République. 1
Dém. des Commis-
    Voyageurs. . . . 1
Le Coq du Clocher. 1
L'Indust. en Europe 1
Ce qu'on voit dans
    une rue. 1

FRÉDÉRIC SOULIÉ.
Mémoires du Diable. 2
Les Deux Cadavres. 1
Confession Générale. 2
Les Quatre Sœurs . 1
Au jour le jour . . 1
Marguerite. — Le
    Maître d'École. . 1
Le Bananier. — Eu-
    talia Pontois. . 1
Huit jours au Château 1
Si jeunesse savait . 2
Le port de Creteil. 1
Le Conseiller d'État. 1
Le Magnétiseur. . . 1
Un malheur complet 1
La Lionne. 1
Les Drames inconnus 4
La rue de Pro-
    vence N° 3 . . . 1

Mme É. DE GIRARDIN
Marguerite. 1
Nouvelles. 1
Vicomte de Launay. 4
Marq. de Pontanges. 1
Poésies complètes. 1
Cont. d'une v. Fille. 1

ÉMILE AUGIER
Poésies complètes. . 1

F. PONSARD
Études Antiques. . 1

PAUL MEURICE
Scènes du Foyer. . 1
Les Tyrans de Village 1

CH. DE BERNARD
Le Nœud gordien. . 1
Gerfaut. 1
Un homme sérieux. . 1
Les Ailes d'Icare . 1
Gentilhom. campagn. 2
Un Beau-Père. . . . 1
Le Paravent 1
L'Écueil. 1

HOFFMANN
Trad. Champfleury.
Contes posthumes. . 1

OSCAR DE VALLÉE
Les Manieurs d'arg. 1

ALEX. DUMAS FILS
Avent. de 4 femmes. 1
La Vie à vingt ans. 1
Antonine. 1
Dame aux Camélias. 1
La Boîte d'Argent. 1

LOUIS BOUILHET
Melænis. 1

JULES LECOMTE
Poignard de Cristal. 1

X. MARMIER
Au bord de la Newa 1
Les Drames intimes. 1

vol.

J. AUTRAN
Milianah. 1

FRANCIS WEY
Les Anglais chez eux 1

PAUL DE MUSSET
La Bavolette. . . . 1
Puylaurens. 1

CÉL. DE CHABRILLAN
Les Voleurs d'Or. . 1
La Sapho 1

EDMOND TEXIER
Amour et finance. . 1

ACHIM D'ARNIM
Trad. T. Gautier fils.
Contes bizarres . . 1

ARSÈNE HOUSSAYE
Femmes c. elles sont 1
L'Amour comme il est 1

GÉNÉRAL DAUMAS
Le grand Désert. . 1
Chevaux du Sahara. 1

H. BLAZE DE BURY
Musiciens contemp. . 1

OCTAVE DIDIER
Madame Georges. . . 1

FÉLIX MORNAND
La Vie arabe. . . . 1
Bernerette. 1

ADOLPHE ADAM
Souv. d'un Musicien. 1

J. DE LA MADELÈNE
Les Âmes en peine. 1

ÉMILE SOUVESTRE
Philos. sous les toits 1
Conf. d'un Ouvrier. 1
Au coin du Feu. . 1
Scèn. de la Vie intim. 1
Chroniq. de la Mer. 1
Dans la Prairie. . . 1
Les Clairières. . . 1
Sc.de la Chouannerie 1
Les derniers Paysans 1
Souv. d'un Vieillard. 1
Soirées de Meudon. 1
Sc. et réc. des Alpes. 1
L'Échelle de Femm. 1
La Goutte d'eau. . 1
Sous les Filets . . 1
Le Foyer Breton. . 1
Contes et Nouvelles. 1
Les derniers Bretons 2

LÉON GOZLAN
Château de France. 1
Notaire de Chantilly 1
Polydore Marasquin 1
Nuits du P.-Lachaise 1
Le Médecin du Pecq 1
Hist. de 130 femmes. 1
La famille Lambert. 1
La dern. Sœur Grise. 1

THÉOPH. LAVALLÉE
Histoire de Paris. . 1

FÉLIX MAYNARD
Journal d'une dame
    Anglaise. — De
    Delhi à Cawnpore. 1

A. DE BRÉHAT
Scènes de la Vie
    Contemporaine. . 1

vol.

EDGAR POE
Trad. Ch. Baudelaire.
Histoires extraordin. 1
Nouv. Hist. extraord. 1
Aventures d'Arthur
    Gordon Pym. . . 1

CHARLES DICKENS
Traduction A. Pichot.
Neveu de ma Tante. 1
Contes de Noël . . 1

A. VACQUERIE
Profils et Grimaces. 1

A. DE PONTMARTIN
Contes et Nouvelles. 1
Mém. d'un Notaire. 1
La fin du Procès. . 1
Contes d'un Planteur
    de choux. 1
Pourquoi je reste à
    la Campagne. . . 1

HENRI CONSCIENCE
Trad. Léon Wocquier.
Scèn. de la Vie flam. 2
Le Fléau du Village. 1
Les Heures du soir. 1
Les Veillées flamand. 1
Le Démon de l'Argent 1
La Mère Job. . . . 1
L'Orpheline. 1
Guerre des Paysans 1

PAUL DE MOLÈNES
Mém. d'un gentilh.
    du siècle dernier. 1

DE STENDHAL
(M. Beyle.)
De l'Amour. 1
Le Rouge et le Noir. 1
La Chartr. de Parme. 1

MAX. RADIGUET
Souv. de l'Amer. esp. 1

PAUL FÉVAL
Le Tueur de Tigres. 1
Les dernières Fées. 1

MÉRY
Les Nuits anglaises. 1
Une Hist. de Famille. 1
André Chénier. . . 1
Salons et Sout.de Paris 1
Les Nuits italiennes. 1

GUST. FLAUBERT
Madame Bovary. . . 2

CHAMPFLEURY
Les Excentriques. . 1
Avent. de Mlle Mariette 1
Le Réalisme. . . . 1
Prem. Beaux Jours. 1
Les Souffrances du
    profess. Delteil. 1

XAVIER AUBRYET
La Femme de 25 ans. 1

VICTOR DE LAPRADE
Psyché. 1

H. B. RÉVOIL (Trad.)
Harem du N.-Monde. 1

ROGER DE BEAUVOIR
Chev. de St-Georges. 1
Avent. et Courtisanes 1
Histoires cavalières. 1

GUSTAVE D'ALAUX
Soulouq. et son Emp. 1

vol.

F. VICTOR HUGO
(Traducteur.)
Sonn. de Shakspeare. 1

AMÉDÉE PICHOT
Les Poëtes amoureux 1

ÉMILE CARREY
Huit jours. sous l'É-
    quateur. 1
Métis de la Savane. 1
Les Révoltés du Para 1
Récits de Kabylie. 1

CHARLES BARBARA
Histoir. émouvantes. 1

E. FROMENTIN
Un Été dans le Sahara 1

XAVIER EYMA
Les Peaux-Noires. . 1

LA COMTESSE DASH
Les Bals masqués. . 1
Le Jeu de la Reine. 1
La Chaîne d'Or. . 1

MAX BUCHON
En Province. . . . 1

HILDEBRAND
Trad. Léon Wocquier.
Scè. de la Vie holland. 1

AMÉDÉE ACHARD
Parisiennes et Pro-
    vinciales. 1
Brunes et Blondes. 2
Les dern. Marquises. 1
Les Femmes honnêtes 1

A. DE BERNARD
Le Portrait de la Mar-
    quise. 1

CH. DE LA ROUNAT
Comédie de l'Amour. 1

MAX VALREY
Marthe de Montbrun. 1

**A. DE MUSSET
GEORGE SAND
DE BALZAC etc.**
Le Tiroir du Diable. 1
Paris et les Parisiens 1
Parisiennes à Paris. 1

ALBÉRIC SECOND
À quoi tient l'Amour. 1

Mme BERTON
(Née Samson.)
Le Bonheur impossib. 1

NADAR
Quand j'ét. Étudiant. 1

ÉMILIE CARLEN
Trad. M. Souvestre.
Deux Jeunes Femmes 1

LOUIS ULBACH
Les Secrets du Diable 1

VALOIS DE FORVILLE
Le Marq. de Pazavel 1

F. HUGONNET
Souvenirs d'un Chef
    de Bureau Arabe. 1

JULES SANDEAU
Sacs et Parchemins. 1

LOUIS DE CARNÉ
Drame s. la Terreur. 1

PARIS. — TYP. MORRIS ET COMP., RUE AMELOT, 64.